MIGRAZIONI

• 2 •

LUCÍA BASKARAN

CORPI MALEDETTI

Traduzione di Lucia Perillo

CentoAutori

Lucìa Baskaran
CORPI MALEDETTI

I edizione: luglio 2022
ISBN: 978-88-6872-296-8

Edizioni Cento Autori
Via Antonio Genovesi 5 - 80010 Villaricca (NA)
www.centoautori.it

Illustrazione di copertina:
Valentina Galluccio VAGA

Se dei fratelli abitano assieme e uno di essi muore senza lasciar figli, la moglie del defunto non si mariterà ad un estraneo fuori della famiglia; suo cognato entrerà da lei e la prenderà in moglie, compiendo verso di lei il dovere di cognato; e il primogenito che ella partorirà prenderà il nome del fratello defunto, perché il suo nome non sia cancellato in Israele. Ma se quell'uomo non vuole prendere sua cognata, la cognata salirà alla porta dagli anziani e dirà: «Mio cognato rifiuta di risollevare il nome di suo fratello in Israele; egli non vuole compiere verso di me il dovere di cognato». Allora gli anziani della sua città lo chiameranno e gli parleranno; e se egli persiste e dice: «Non voglio prenderla», allora sua cognata gli si avvicinerà in presenza degli anziani, gli leverà il sandalo dal piede, gli sputerà in faccia e dirà: «Così sarà fatto all'uomo che non vuole edificare la casa di suo fratello». E il suo nome in Israele sarà chiamato: «La casa di colui al quale è stato rimosso il sandalo».

Deuteronomio 25, 5-10

O con amore o con odio, ma sempre con violenza.

Cesare Pavese

Alle mie amiche

I

Dodici cuori sanguinanti nella tua mano destra. E poi: tu che ti chini per raccogliere qualcosa che hai visto a terra, la macchina che urta contro il tuo corpo. Risultato: dodici cuori sanguinanti sull'asfalto più il tuo, che ha sanguinato fino al pericardio, la membrana che riveste il cuore, e ha generato un tamponamento cardiaco, e il mio, che continua a battere anche se a volte non lo sento.

Totale: quattordici cuori.

Non avevo mai visto un cuore sanguinante. Ho scoperto, grazie a una ricerca su Google, che è una pianta erbacea originaria dell'Estremo Oriente che può raggiungere i settanta centimetri di altezza, che è adatta ai climi temperati con un certo grado di umidità, deve essere situata in una posizione semi ombreggiata ed è conosciuta anche come Cuore di Maria o Dicentra.

Devono esserti costate una fortuna, molto più dei gigli che avevo ordinato per il mio bouquet da sposa.

Posso ancora sentire le urla di tua madre.

Io non ho gridato. Non un suono, non una lacrima. Niente. Il sangue si è gelato, la testa si è riempita di domande. Hai visto la vita passarti davanti agli occhi prima di morire? Ero io la protagonista di quelle immagini? Qual è stato il tuo ultimo pensiero? Mi hai mai amata? Per chi erano quei fiori? È un anno e tre mesi che mi faccio mille domande. A volte ti vedo nei miei sogni e rispondi ad alcune di queste, ma mai alla più importante.

Nessuno mi tocca. Si mantengono sempre a una certa distanza, come se temessero di contagiarsi con la tua morte, come se ti avessi ucciso io. Mi parlano con due tonalità in meno del solito. Anche tua madre, che di solito parla a voce alta, mi rivolge dei sussurri. *Povera ragazza* dicono, quando credono che non li senta. *Povera ragazza*, ma nessuno, tranne mio padre, mi abbraccia. Ciò che più mi manca sono le tue braccia e il tuo petto e come diventavano *casa* ovunque fossimo. Ho dentro il tuo odore. Di notte, quando chiudo gli occhi, il tuo odore mi viene a cercare e con lui, le lacrime. Nessuno mi ha visto piangere. Posso immaginare cosa pensano. «Si è inaridita dentro» o «il dolore è troppo grande» o «forse non sta così male». Non hanno tutti i torti. *Povera ragazza.* Una mano mi stringe la gola. Non posso vedere il viso ma so che è un uomo. Questo è il momento in cui gli infilo le dita negli occhi e a) riesco a scappare o b) lo uccido e riesco a scappare. Sto per svegliarmi. Lo so perché sono nella fase del sonno in cui posso prendere decisioni, come se il sogno fosse un film diretto da me. L'odore dell'aggressore mi sembra familiare. La sua mano stringe con più forza, finalmente riesco a vederlo in faccia. Uno. Due. Tre. Sveglia.

II

Mi sveglio sempre zuppa di sudore. Il mio corpo si scalda durante la notte e mi sveglio come se avessi corso una maratona: sudata ed esausta. I piedi e le mani sono le uniche parti del mio corpo che non si scaldano mai, sono sempre gelidi. Non importa quante ore dorma, la stanchezza si è impossessata di me in modo definitivo. Sono una donna di novant'anni che abita nel corpo di una di ventisette. Rotolo sulle lenzuola fredde. Un istante di felicità pura. Un istante di felicità pura fin quando mi rendo conto che il motivo per cui posso rigirarmi tra le lenzuola è che sei morto, perché non c'è più un corpo caldo a cui stringermi. Abbraccio forte il cuscino, il nostro letto si è trasformato in un oceano immenso che minaccia di inghiottirmi. L'angoscia lascia il posto alla rabbia. Dove sei, Martín? Dove sei, perché mi hai lasciato sola? Prima ero una di quelle che diceva che non c'è niente di peggio dell'autocommiserazione, ma prima appartenevo al mondo dei vivi, era tutto leggero, eravamo due corpi e ora ne ho uno che non è nemmeno il mio. Perché non sei l'unico che è morto, Martín. Tu forse non sarai qui (anche se tua madre dice che sente la tua presenza in ogni angolo, nello sguardo degli animali e dei bambini e nelle farfalle bianche che hanno iniziato a farsi vedere nel giardino di casa sua), ma nemmeno io ci sono, né *sono*. Tutto ciò che ero ha smesso di esistere la sera in cui la macchina, il tuo sangue e il mazzo di fiori hanno fatto un macabro collage sull'asfalto. Tu, che quando ci siamo conosciuti non smettevi di ripetere che si doveva morire giovani, lasciare un bel cadavere e farlo nel modo più romantico possibile, hai smesso di vivere in mezzo a qualcosa che avrebbe potuto essere una performance artistica. Sarai contento, suppongo.

Adesso, l'autocommiserazione, una lontana cugina dell'amor proprio, è l'unica cosa che mi rimane. Il resto succede nella mia testa, i pensieri mi trascinano in un vortice silenzioso da cui non posso fuggire. La mente mi lega al letto, mi impedisce di fare le faccende quotidiane, facendomi diventare qualcosa che non si può più definire umano. Ho dimenticato come essere una persona.

«Non puoi continuare così», diceva mio padre ogni volta che veniva a trovarmi. Ha smesso di farlo quando gli ho detto di no, che non potevo continuare così e che era meglio essere morta. Credo che preferisca avere una figlia fantasma piuttosto che una morta, quindi ha sostituito le parole con il cibo: ogni lunedì viene a casa per riempirmi il frigo di contenitori tupperware, con cibo per tutta la settimana.

Mio padre e Gloria sono le uniche persone a cui permetto di entrare in casa nostra, tra queste mura che tu ti sei ostinato a far diventare bianche, bianche,

bianche, tutto bianco ad eccezione di qualche tocco di colore qua e là, un cuscino turchese qui, un tappeto azzurro cielo lì, tutto secondo l'ultima moda in decorazione d'interni, perché a quanto pare noi occidentali non possiamo tollerare il minimo stress e abbiamo trasformato le nostre case in una sorta di manicomi moderni. Hai voluto una casa ispirata al Valium per proteggerci dai pericoli che si nascondono fuori dalle nostre mura e, ora che sei morto, mi hai lasciata in mezzo a queste stanze in cui entra troppa luce. Tua madre sente la tua presenza ovunque, io sono rinchiusa in ogni angolo che hai scelto per noi. Oltre le mura di casa, nessuno può sentire le mie grida. Tu le senti?

III

Pur avendo vissuto a Bortiz tutta la vita, mi rifiuto ancora di prendere un maglione e un ombrello prima di uscire di casa, anche se sono due elementi imprescindibili in questa città dove piove più di duecento giorni all'anno. Per qualche motivo che non riesco a capire, continuo a pensare a Bortiz come a una località estiva, come se fossi una di quelle turiste che vengono qui sperando di abbronzarsi, ingannate dalla promessa che il sole splenda sempre in ogni angolo della penisola. Nelle rare occasioni in cui il sole è abbastanza cocente, le turiste stanno in topless, cosa che noi del luogo non facciamo perché il paese è piccolo. Molti uomini ne approfittano per guardarle dal lungomare fingendo di fare una passeggiata, senza rendersi conto che non è l'assenza di vestiti ciò a cui devono prestare attenzione, ma al modo in cui le turiste si sdraiano. Se lo fanno a faccia in giù, bisogna osservare se mantengono la pancia rilassata o tesa. Se è contratta, di solito è segno che la donna in questione muove anche i muscoli della vagina, masturbandosi in silenzio e senza muoversi.

Mio padre dice che Bortiz è per turisti avventurosi, per gente che non teme l'incertezza. Io credo che sia un rifugio per coloro che non si concedono la tristezza nella vita quotidiana e la accumulano fino a raggiungere questa scenografia che fa così bene da cornice.

Se sei una di quelle a cui piace camminare sotto la pioggia mentre ti tormenti con pensieri tristi, questo è il posto per te. Oggi sono grata per questa umidità che mi increspa i ricci e mi pesa sulle ossa. Mi dirigo al bar che ho scoperto qualche settimana fa durante una delle mie passeggiate notturne. Esco solo di notte, così ci sono meno probabilità che qualcuno mi veda e mi riconosca. *Povera ragazza.* Di solito evito il lungomare perché è spesso molto trafficato, ma oggi la pioggia è così fitta che in pochi si sono avventurati fuori dalle loro case.

Il bar è alla fine della strada che delimita il paese, vicino all'ultima casa. Deve essere lì da molti anni, ma fino a due settimane fa non ci avevo mai fatto caso. Per arrivarci, bisogna camminare per un bel tratto lungo la banchina. In notti come questa è pericoloso, il mare è mosso, spesso le onde arrivano fino alla strada e la luce dei lampioni non illumina abbastanza; ma ora mi sento più protetta tra queste onde – che potrebbero uccidermi in questo tratto di asfalto mal illuminato – che nella piazza della città in una giornata di sole.

A prima vista, l'edificio che ospita il bar sembra essere abbandonato. Le pareti sono sporche, annerite, e le finestre sono chiuse con delle persiane che un tempo dovevano essere blu. Ciò che ha attirato la mia attenzione è stato che l'edificio non abbia una porta d'ingresso, solo quattro finestre, come in un incubo. Girandoci intorno, mi sono imbattuta in delle scale di pietra nascoste tra i cespugli selvaggi. In cima alle scale, una porticina di legno con una finestrella da cui esce la luce. Mi ha sorpreso vedere che la porta era aperta e che dentro c'era un bar. Mi aspettavo che l'uomo dietro il bancone mi dicesse che era un club privato, che l'ingresso era limitato e che non avevo il diritto di essere lì, ma sia lui che la scarsa clientela (per lo più anziani) mi hanno guardato a malapena, e se la mia presenza li ha disturbati in qualche modo, non hanno dato il minimo accenno per dimostrarlo.

Nelle mie due visite precedenti, nessuno mi ha parlato né ho visto nessuno che conosco, ma decido di non abbassare il cappuccio, per sicurezza. Mi siedo in un angolo del bar da cui posso vedere la porta e ordino una birra che il barista mi serve senza dire una parola.

Fatta eccezione per i quattro vecchi che giocano a *mus*, la clientela del bar beve da sola. Una donna di mezza età getta monete nella slot machine. Io e lei siamo le uniche presenze femminili. Sarà la proprietaria? La moglie del barista o dell'uomo che si versa un bicchiere di vino dopo l'altro?

La porta del bar si apre ed eccoti. Mi è già successo altre volte, camminare per strada e credere di vederti nei corpi di altri uomini, ma questa volta non c'è dubbio. Chiudo gli occhi e sento che sto per rimettere.

Vomito sulle ginocchia. Non riesco ad aprire gli occhi né ad alzare la testa.

IV

Dopo essermi ripulita, Otto mi ha accompagnato a casa, in silenzio. Ho lasciato il portoncino aperto per farlo entrare. Siamo saliti in ascensore e ho aperto la seconda porta, quella che non apro quasi a nessuno. Ci siamo spogliati e sdraiati sul letto senza accendere nessuna luce e ci siamo cercati nell'oscurità. I nostri corpi hanno rotto il silenzio, la mia testa contro il suo petto, i nostri respiri, gli arti disordinati che lottavano per salire in superficie. Una battaglia a occhi chiusi e senza baci, le mani intrecciate mentre stavo sopra.

Un tentativo di sfuggire alla morte.

V

Mi rotolo tra le lenzuola che ora sono calde. Non ho sentito Otto andarsene, ma so che tornerà. Deve tornare. Mi sento leggera, come se Otto avesse tolto tutto il peso che il mio corpo ha portato con la tua morte. Ho voglia di alzarmi, uscire e fare una passeggiata. Forse potrei scrivere ad Ane. Sono mesi che non rispondo alle sue chiamate e ai suoi messaggi, ma so che sarà felice di vedermi e di sapere che ho voglia di fare una passeggiata.

«Ciao Ane! Come stai? Ti va di fare una passeggiata?».

Invio.

Salto giù dal letto ed entro nella doccia. Forse sono stata avventata, forse Ane non è disponibile, o peggio, non ha più voglia di vedermi. Chi vorrebbe stare con una persona così triste e che non ha mostrato alcun interesse per così tanto tempo. Forse Ane preferisce incontrare le sue colleghe di lavoro, donne allegre con piccoli problemi. Donne che sanno chi sono e cosa vogliono, che non gettano la spugna per aver avuto una brutta giornata, una brutta settimana, un brutto anno. Cosa sanno queste donne della morte?

Cosa sanno della vita? Forse non è stata una buona idea scriverle.

Perché Otto non è rimasto? Non sembrava ubriaco. Se ieri è entrato nel mio letto è perché l'ha voluto. Tornerà? Deve tornare. Se non fosse per il calore che ha lasciato nel letto, penserei sia stato un sogno.

Uscita dalla doccia, devo lottare contro l'impulso del mio corpo che vuole soltanto rimettersi sotto le coperte e aspettare che torni Otto. Sono sicura che se scelgo dei bei vestiti avrò di nuovo voglia di uscire, penso, mentre vedo la lucina del telefono che lampeggia sul comodino. Ane ha risposto. Il cuore inizia a battere forte. Non visualizzo ancora, devo prima scegliere cosa mettermi. Niente colori troppo vivaci, niente vestiti stravaganti. Non voglio che Ane pensi che sia frivola. Non voglio che qualcuno pensi che sia una vedova allegra. *Povera ragazza.*

Scelgo un vestito nero, largo, che mi arriva sotto al ginocchio. Ho voglia di mettere il rossetto. Prima che Martín morisse lo facevo sempre. I miei ricci neri e la mia pelle bianca stanno bene con il rosso aranciato che metto sulla bocca da quando avevo quindici anni. Ho iniziato a mettere il rossetto in occasioni speciali (che a quindici anni erano tutte le volte in cui non dovevo andare a scuola) e, quando finalmente ho finito il liceo e ho cominciato la mia vita all'università, è diventata un'abitudine quotidiana. Ho deciso che sarebbe stato il mio segno distintivo, il mio passaggio dall'infanzia all'età adulta. Martín lo adorava, all'inizio. Quando è diventata un'abitudine ha smesso di stupirsi e, nei giorni in cui per qualche motivo non lo mettevo (il rossetto era finito, non lo trovavo o, semplicemente, decidevo che quel giorno non mi sarei truccata) mi diceva «ti manca il tuo tocco».

L'ultima volta che ho messo il rossetto era un venerdì.

Martín era già andato a lavorare, doveva vedere alcuni clienti e sarebbe tornato tardi a casa. Io ero in ritardo, dovevo andare in redazione e avevo messo il rossetto in borsa pensando che l'avrei messo in ascensore. Alla fine l'ho dimenticato, stavo pensando a una consegna che doveva essere inviata quel giorno e che non avevo ancora iniziato e non mi sono nemmeno guardata allo specchio. Dopo il lavoro ero contenta, ero riuscita a convincere il mio capo che avevo bisogno di un altro paio di giorni e avevo dei programmi con Martín per il finesettimana: una prenotazione nel nostro ristorante preferito il sabato sera, pranzo a domicilio, film e divano la domenica. Avevo voglia di festeggiare il fatto che non avrei passato il finesettimana incollata al computer, «chiamo Ane per vedere se vuole bere qualcosa con me» e, prima di mettere in moto, avevo messo il rossetto guardandomi nello specchietto retrovisore. Il cellulare aveva iniziato a vibrare sul sedile del passeggero, proprio mentre controllavo che non avessi macchie di rossetto sui denti. Ho allungato il braccio senza togliere lo sguardo dallo specchietto e ho risposto senza guardare lo schermo. Di sicuro era Martín. Era sempre Martín. Ma non era Martín, era una voce sconosciuta che mi diceva che Martín era morto. E se adesso scatenassi un altro disastro perché sto pensando di chiamare Ane mentre cerco il mio rossetto? E se la combinazione chiamare Ane (o pensare di chiamarla) e mettersi il rossetto si risolvesse di nuovo con una morte? Non metterò il rossetto. Comunque, di sicuro il rossetto si sarà seccato. Comunque, quella che si metteva il rossetto non esiste più. E se approfittassi di questo impulso, di questo corpo ridestato, per uccidermi una volta per tutte?

VI

[Il disturbo ossessivo-compulsivo (DOC) è un disturbo d'ansia che di solito inizia nell'adolescenza o nella prima età adulta, ma che può manifestarsi anche durante l'infanzia. È un problema il cui fulcro centrale è la paura che succeda qualcosa di terribile. La caratteristica del disturbo ossessivo-compulsivo è la presenza di ossessioni o compulsioni o, come è comune, di entrambe. Le ossessioni sono pensieri involontari, ripetitivi e ad alta frequenza che si presentano nella nostra mente senza volerlo. Possono esprimersi sotto forma di parole, frasi o immagini. Il contenuto è minaccioso, moralmente inaccettabile, grottesco o bizzarro per chi ne soffre; per esempio, credere di aver preso l'AIDS, che il mozzicone di sigaretta lasciato nel posacenere stia per appiccare un incendio o desiderare di insultare qualcuno].

VII

Non possiamo più essere amiche, Ali. Questi mesi in cui non ci siamo viste sono stata… non so, tranquilla. Non mi fai bene.

O.

Non posso sopportare tanta tristezza. È troppo. Dopo essere stata con te sono triste.

O.

Sei un'egoista. Lo sei sempre stata. Non chiamarmi più.

Il suono della grandine che colpisce i vetri interrompe il filo dei miei pensieri. Una figura incappucciata corre verso di me. Premo il pulsante che blocca automaticamente tutte le portiere e metto in moto in fretta e furia.

Sento gridare: «Ali!», riconosco i capelli rosso fuoco sotto al cappuccio.

«Apri!»

Spengo il motore e apro le portiere per far entrare Ane.

«Mamma mia, con il bel tempo che c'era stamattina» dice Ane buttandosi sul sedile del passeggero.

Siamo rimaste in silenzio qualche minuto più del necessario.

«Sono fradicia…».

«Senti, mi dispiace di non essermi fatta sentire per tutto questo tempo…».

«Tranquilla» dice Ane mentre mi mette una mano sulla spalla.

Non sembra arrabbiata né ferita. È la solita Ane, quella che è sempre felice di vedermi, quella con i capelli rosso fuoco e il setto nasale storto. Il suo sorriso mi riporta alla realtà.

La conosco da quando avevamo cinque anni. Sua madre, Carmen, si era trasferita a Bortiz per scappare da un marito alcolizzato che la usava come sacco da boxe. Carmen lo sopportava per Ane, perché il bastardo non osava metterle le mani addosso, ma un giorno, in uno dei suoi scatti d'ira, Agustín aveva afferrato Ane per il collo e per poco non era morta. Carmen aveva aspettato che suo marito si addormentasse per fare le valigie e andare con sua figlia a casa di sua sorella che, dopo aver avuto una promozione, aveva comprato un appartamento a Bortiz. Il bastardo non ci aveva messo molto a trovarle. Un giorno aveva aspettato che la bambina uscisse da scuola, l'aveva messa in macchina ed era fuggito in Francia. La polizia li aveva trovati vicino Bordeaux. Ane è grata che quel giorno suo padre stesse guidando ubriaco, altrimenti Carmen non avrebbe ottenuto la custodia. Suo padre si è suicidato tre anni dopo.

Ane mi terrorizzava. Dal momento in cui mise piede a scuola, iniziò a prendersela con me e durante l'intervallo mi aspettava per picchiarmi. Se io prendevo un giocattolo, lei veniva immediatamente a strapparmelo via. Il primo giorno protestai e la risposta fu un *figlia di puttana*, una tirata di capelli e uno sputo in faccia. Da quel momento feci di tutto per evitarla, ma Ane non ci metteva molto a scovarmi e a trovare una scusa per farmi del male.

Quando lo dissi ai miei genitori, mi risposero che non potevano fare nulla, che ero abbastanza grande per difendermi da sola. Erano "cose da bambini" e le cose da bambini erano estranee agli adulti che intervenivano solo per sgridarci se davamo troppo fastidio. Gli adulti ci facevano capire che noi bambini non sentivamo dolore o che, se lo sentivamo, era niente in confronto al loro.

Un giorno Ane portò in classe una racchetta da tennis. Sentivo che me l'avrebbe tirata in faccia o sugli stinchi. Così, quando durante la ricreazione la vidi avvicinarsi sorridente con la racchetta in mano, feci un respiro profondo e mi costrinsi a non scappare. Le aggressioni di Ane iniziavano sempre con insulti di cui non capivo bene il significato. *Figlia di puttana*, *troia*, *porca*, *schifosa* erano parole che non avevo mai sentito dire ai miei genitori, le imparai tutte da Ane e le ripetevo a casa quando litigavo con mia madre.

«Sei una figlia di puttana» mi disse Ane.

«Non sono una figlia di puttana. Non voglio che mi picchi, mi fai male».

Abituata al fatto che non dicessi mai nulla e corressi a nascondermi, la mia risposta l'aveva colta di sorpresa. Rimase in silenzio per un po', a bocca aperta, per poi girarsi e correre via. Poco dopo la trovai in bagno, seduta a terra a piangere. Strappai un pezzo di carta igienica per darglielo. Lo prese senza guardarmi e si soffiò il naso. Le porsi la mano e, dopo aver pensato per qualche secondo che stavo per essere presa a calci o a pugni, mi strinse la mano e si alzò da terra. Mentre uscivamo in cortile, mi lasciò andare, corse a prendere la sua racchetta e tirò fuori dalla tasca del cappotto una pallina da tennis. Quando mi girai per cercare qualcuno che volesse giocare con me, Ane gridò: «Ehi!» e mi lanciò la palla. Giocammo in silenzio fino al suono della campanella. Da quel giorno siamo diventate inseparabili. Avevamo molte cose in comune: entrambe amavamo correre, esplorare il cortile della scuola in cerca di avventure, le favole, i musical, giocare a fare pozioni per avvelenare i nostri nemici, con qualsiasi cosa ci fosse nelle nostre cucine. Ketchup, yogurt, latte, vino e candeggina per uccidere la madre di Eli. Farina, olio d'oliva, paté, Nesquik, Fanta e insetticida per avvelenare Ion. Cereali schiacciati, gin, aceto, marmellata e Fairy per uccidere Agustín, il padre di Ane. E una spruzzata di ammoniaca, per sicurezza. Le nostre potenziali vittime non ne hanno mai saputo nulla. Non appena finivamo di preparare la pozione tra grida e risate, la buttavamo nel water e iniziavamo a pianificare il nostro prossimo scherzo. I genitori di oggi ci avrebbero portate da uno psicologo infantile. A quei tempi ci bastava la nostra piccola alleanza. In fondo volevamo solo sfogarci. Perché io e Ane stavamo soffocando. I bambini della nostra classe ci chiamavano "maschiacci" e cercavano di picchiarci (con scarso successo, perché Ane poteva batterli tutti) e le bambine non volevano giocare con noi perché i loro genitori avevano detto loro che eravamo una cattiva influenza. La madre di Eli, la bambina più popolare della nostra classe, aveva detto a mia madre che non voleva che sua figlia frequentasse tali vipere. Da quel momento, hanno iniziato a chiamarci *las Bichas*, un soprannome che all'inizio odiavamo ma che abbiamo finito per portare come una medaglia. Le Bichas contro il mondo. Anni dopo, quando abbiamo iniziato il liceo, Ane l'ha cambiato in le *Bitches*. Volevamo fondare un gruppo punk chiamato così, urlare che tutto era una merda al ritmo di chitarre elettriche, bere fino a svenire, diventare lo stereotipo delle cattive ragazze del liceo, dare sfogo a tutti gli anni di insulti, fingere di essere al di sopra di essi, trasformare in rabbia ciò che ci rendeva vulnerabili. Ci siamo riunite un paio di sere a casa mia con l'intenzione di scrivere testi, ma nessuna delle due era in vena di imparare a suonare uno strumento e alla fine siamo diventate una versione decaffeinata e puramente estetica dei *Las Vulpes*. Abbiamo fatto anche dei tatuaggi uguali, Ane sulla coscia sinistra e io sulla caviglia destra, che ci sono costati cinquanta euro, un pianto di Carmen e un rimprovero di mio padre.

Ogni settimana ricevevamo una chiamata a casa. «Queste ragazze sono dei demoni», «non possono andare avanti così, dovete fare qualcosa», «dove si è mai visto un simile comportamento». Scuola cattolica, naturalmente.

Dato che Carmen faceva turni infiniti in un ristorante in periferia, Ane faceva quasi sempre merenda a casa mia. Un pomeriggio, mentre io e Ane guardavamo *Sailor Moon*, mia madre entrò in salotto e spense la TV.

«Mi hanno chiamato di nuovo dalla scuola». Io e Ane rimanemmo in silenzio. «Eli è tornata a casa con una gomma appiccicata ai capelli e sua madre ha chiamato la scuola. Ne sapete qualcosa?».

Eli e il suo gruppetto di ragazze idiote ci avevano inseguito durante la ricreazione chiamandoci maschiacci e lanciandoci manciate di ghiaia. «Credo che siano fidanzate» aveva detto Eli quando aveva visto che non le prestavamo attenzione. Avevo dovuto afferrare Ane e sussurrarle le parole magiche per evitare che si fiondasse su Eli. «Ho un piano».

«Faremo un disegno delle nostre famiglie. Potete usare i materiali che volete. Poi metteremo tutti i disegni nel corridoio». La signorina Bea era una delle poche insegnanti a non essere una suora e l'unica insegnante degna di questo nome. Mancavano dieci minuti alla fine della lezione. Avevo preso due vecchie gomme da masticare dallo zaino e ne avevo data una ad Ane. Le avevamo messe in bocca senza che nessuno ci vedesse e le avevamo masticate come se nulla fosse. Dopo aver fatto finta di far cadere le matite per nasconderci sotto il banco, avevo sputato la gomma nella mano di Ane. Lavoro di squadra.

«Alicia, possiamo vedere il tuo disegno?».

Ane aveva approfittato del fatto che la signorina Bea

guardasse il mio disegno per appiccicare la gomma a Eli.

«Qui manca qualcuno, no?» aveva detto la signorina Bea, mostrandolo alla classe.

C'erano un uomo e una donna, entrambi al centro. L'uomo indossava gli occhiali e una giacca. Sulla sua testa c'era scritto RICARDO.

La donna era tre volte più grande dell'uomo, aveva capelli lunghissimi e un vestito fatto di spirali. I suoi piedi erano all'altezza della bocca dell'uomo. Sulla sua testa, CRISTINA.

«Sembra un leone!» aveva gridato Ion, indicando il disegno di mia madre. La classe era scoppiata in una risata.

«Silenzio, Ion. Non manca qualcuno qui, Alicia?».

«È stata mangiata dal leone!» ancora Ion. La campanella. Ane aveva appallottolato il suo disegno e lo aveva gettato nel cestino. Poi mi aveva afferrato la mano, trascinandomi verso la porta. «Mi aspetti fuori? Devo parlare con la signorina Bea».

«Palla!» aveva gridato Ane correndo fuori.

Appena uscita dalla porta, infilai nello zaino la pallina di carta che Ane aveva buttato via.

Mia madre ci guardava, stava aspettando una risposta.

«Eli è una figlia di puttana» dissi infine. Lo schiaffo si è sentito fino in Gambia.

VIII

«Ane, è meglio che ti accompagni a casa».

Ane ha raccolto le sue cose in silenzio ed è uscita dalla porta dietro mia madre. Ho aspettato seduta sul divano con le lacrime che mi rigavano le guance e l'orecchio destro che fischiava. Leggero tintinnio di chiavi, *clic clac*, due movimenti sicuri ed energici. Da come ha aperto la porta, ho capito che era mio padre. La coreografia di Cristina era diversa: un paio di minuti a rovistare nella borsa, un tintinnio più forte di chiavi fino a quando finalmente le inseriva nella serratura e apriva. «*Ama*, le chiavi» è stata una delle mie prime frasi. «*Ama*, le chiavi» prima di uscire di casa ogni giorno. «*Ama*, le chiavi» con un nodo alla gola perché i dieci o quindici minuti in cui Cristina avrebbe cercato le chiavi ci avrebbero fatto fare tardi a scuola. Chi dice che l'infanzia è il periodo più bello della vita ha una pessima memoria. Per me, l'infanzia era quello che la terra era per i cristiani: una procedura ingombrante da attraversare prima di raggiungere l'età adulta, una vita in cui non dipendevo da nessuno, in cui non dovevo dire: «*Ama*, le chiavi».

Sono corsa ad abbracciare mio padre.

«Cos'è successo?». Non ho risposto. Sono rimasta a piangere, abbracciata alle sue gambe. Mia madre ci ha trovato così.

«Alicia, vai nella tua stanza». Non mi sono mossa.

«Cos'è successo?» ha chiesto mio padre.

«Adesso te lo dico. Nella tua stanza». Vedendo che non mi muovevo, mia madre mi ha afferrato il braccio, mi ha allontanato da mio padre e mi ha portato nella mia stanza.

«Non voglio che parli ancora con Ane. Non voglio che Ane torni in questa casa».

«Ma...».

«Niente ma. Basta. D'ora in poi, tornerai a casa da sola e comincerai subito a fare i compiti. Dov'è il tuo zaino?».

«In salotto».

Cristina è scomparsa per riapparire con il mio zaino.

«I maschi fanno lo stesso e nessuno gli dice niente».

«Mettiti a fare i compiti». Appena Cristina mi ha lasciato sola nella mia stanza, ho aperto lo zaino e ho preso il disegno di Ane. LA MIA FAMIGLIA, scritto con una calligrafia infantile occupava il lato superiore del foglio. Nella parte inferiore sinistra c'era una donna fatta di cerchi. Ane aveva decorato il cerchio più grande, il corpo della donna, con margherite. Non aveva la bocca. CARMEN. Accanto a Carmen, una figura più alta, con i capelli lisci tagliati stile paggetto, un corpo quadrato e un sorriso. ANE. Nella parte inferiore destra, accanto ad Ane, una figura identica a lei per altezza e vestiario, ma con i capelli ricci. ALICIA. Agustín non c'era.

Il giorno dopo, Eli è venuta a scuola con gli occhi rossi dal pianto e con quattro dita di capelli in meno. Ane mi ha evitato per tutta la mattina. Io morivo dalla voglia di raccontarle la storia di Sansone che mio padre mi aveva raccontato qualche settimana prima. Volevo dirle che noi eravamo le Bichas, sì, ma Eli era Sansone. Durante la ricreazione l'ho trovata che giocava da sola a biglie. Senza dire nulla, ho preso le mie dalla tasca e mi sono seduta accanto a lei. Ane ha smesso di giocare e senza guardarmi ha detto: «Non possiamo più essere amiche». Ho messo le mie biglie in fila e senza guardarla ho detto: «Non siamo amiche».

Abbiamo giocato in silenzio fino a quando è suonata la campanella. Mentre raccoglievamo le biglie, ognuna le sue, senza guardarci, ho detto: «Siamo sorelle». Ane non ha risposto e non ne abbiamo più parlato. Non ci siamo separate di nuovo fino a molti anni dopo.

IX

Guido fino a Zumaia con la musica abbastanza alta per non dover fare conversazione. Devo guadagnare tempo, decidere se dirle di Otto. Ane spegne la radio.

«Iosune vuole lasciarmi».

«Quante volte ti ha lasciato negli ultimi anni?».

«Ti giuro che è seria».

«Anche le altre volte lo era».

«No, Ali, cazzo. Se ne va. Le hanno offerto un posto a Montreal e se ne va».

«Montreal? Perché Montreal?».

«Ma che ne so».

"Ma che ne so" è la frase che più spesso ho sentito dire da Ane. Significa che lo sa ma ha bisogno di tempo e di una quantità sufficiente di vino per dirlo ad alta voce. "No, Ali, cazzo" è un'altra frase che ripete spesso.

Parcheggio la macchina davanti al primo bar aperto. Sembra che Ane non abbia intenzione di scendere.

«Quando parte?».

«Alla fine dell'anno».

«Bene, avete tempo».

«No. Va a Montreal alla fine dell'anno. Da casa se ne va la settimana prossima».

«Che è successo?».

«Si è messa con la responsabile del progetto. Domenica andrà a casa sua e a dicembre andranno insieme a Montreal».

«Cazzo…».

«Già. Prima o poi doveva succedere».

Siamo rimaste in silenzio per qualche secondo.

«Vino?».

«Vino».

X

Ane ha conosciuto Iosune alla Facoltà di Psicologia e ha dovuto rimangiarsi le sue stesse parole, per l'esattezza quelle che mi diceva quando avevo iniziato a uscire con Martín tre anni prima.

«Che palle le coppie che stanno attaccate tutto il giorno», «smetti di parlare al plurale», «possiamo parlare d'altro?», «ho capito che sei innamoratissima ma, bella mia, sei monotematica», «non possiamo stare solo io e te?». Ane ha conosciuto Iosune e ha iniziato a parlare al plurale, a starle tutto il giorno attaccata, a essere monotematica e a rimandare i progetti che aveva con me.

Iosune l'ha presentata a un sacco di gente, l'ha iniziata alla teoria *queer* e al sesso adulto, le ha fatto scoprire che poteva avere orgasmi multipli e fare *squirt*.

Un mese dopo essersi conosciute, Ane e Iosune hanno organizzato una cena nel suo appartamento e hanno invitato Martín e me. Sapevamo tutti che era un modo per celebrare l'ufficialità della loro relazione, ma nessuno l'ha detto apertamente. Ane era nervosa, voleva fare colpo sulla sua nuova ragazza, voleva che Iosune mi piacesse e che io piacessi a Iosune. Ero nervosa per le stesse ragioni. Avevamo diciotto anni e una cena a casa di qualcuno che non consistesse in pizza e birra sembrava molto da adulti, almeno per me e Martín.

Pensavo che dopo anni passati a giocare a mamma e papà, a fare la spesa, a guidare una macchina a pedali, a imitare diverse professioni e a truccarmi con i cosmetici che rubavo a mia madre, insomma, a fare il gioco preferito di ogni bambino che non è altro che imitare gli adulti, sarei diventata una di loro senza troppi sforzi; di quelli che prendono decisioni senza esitazione e guardano mobili per mesi confrontando prezzi, materiali e design, di quelli che seppelliscono il dolore sotto un milione di strati di tenacia, vestiti, sforzi, lavoro, viaggi, figli, cene, foto, ma ho ancora la sensazione di giocare, di non essere una vera adulta. Anche quando osservo altre persone della mia età, ho l'impressione che stiano fingendo. Come quando ho incontrato una vecchia compagna di scuola che spingeva un passeggino con dentro un bambino e mi ha fatto un monologo sulle gioie della maternità e su quanto fosse impegnata, senza darmi il tempo di rispondere. Ho avuto la sensazione che tra le righe stesse gridando: «Guarda come imito bene gli adulti, sono entrata nel club!». Per un po' ci ho quasi creduto: avevo casa-compagno-lavoro e soldi per comprare vestiti-mobili-vino-vacanze-persino-una-macchina. Oggi credo che l'età adulta sia un inganno che ha più a che vedere con l'accumulo di relazioni, oggetti ed esperienze, tutti messi in un sacco in cui l'aria non entra abbastanza spesso.

Io e Martín ci siamo presentati a casa di Iosune con una bottiglia di vino rosso e una cheesecake preparata il giorno prima. Lui indossava una camicia e una giacca acquistate per il matrimonio di suo cugino; mentre io avevo comprato un vestito, abbinato a un paio di tacchi alti indossati per lo stesso matrimonio. Labbra rosse. Ane e Iosune ci hanno accolto in jeans, felpa e neanche un filo di trucco. L'appartamento era piccolo e pieno di vecchie cianfrusaglie e libri. Le pareti erano ricoperte di acquerelli e disegni in cui gli animali erano i protagonisti.

«Sono tuoi?» ho chiesto a Iosune.

«Sì».

«Davvero belli».

Ho cercato di pensare a qualcos'altro da dire, ma non mi veniva in mente niente. Mi sentivo ridicola con il vestito e i tacchi di fronte a quella ragazza con i capelli bagnati e i piedi scalzi.

«Vuoi lasciarla in cucina?».

«Sì, la torta è più buona se fredda».

«Con cosa è fatta?» ha chiesto Iosune.

«Formaggio».

«Iosune è vegana» ha detto Ane.

Ho ignorato lo sguardo di Martín e ho cercato di non guardare Ane.

«Mi dispiace, pensavo che Ane ti avesse avvertito».

«Non fa niente».

Iosune ci ha fatto fare il giro della casa (tre stanze grandi come tre ripostigli, una cucina, un soggiorno e un bagno, tutto minuscolo). Abbiamo cenato su un tavolo che avevano allestito per l'occasione, una ciotola piena di cùscus al centro, quattro forchette, quattro ciotole diverse e quattro bicchieri identici che sembravano non essere mai stati usati.

«Pensavo che i vegani mangiassero tutto tranne carne e pesce» ha detto Martín.

«Quelli sono i vegetariani. Noi vegani non mangiamo niente che provenga dagli animali: niente carne, niente pesce, niente uova, niente latticini, niente miele».

«Il miele?».

«Il miele proviene da api sfruttate».

Martín non ha detto nulla. Ci siamo seduti a tavola.

«Il cùscus è delizioso. Per essere senza carne, è molto buono» ha detto Martín, mettendo la forchetta in bocca.

Ane e Iosune si sono guardate.

«Vivi con altre due ragazze, vero?» ho detto, ansiosa di cambiare argomento.

«Sì, sono compagne di università. Di Pontevedra. Hanno affittato l'appartamento e poi sono arrivata io. È molto piccolo ma ci arrangiamo».

«Sono molto simpatiche» ha detto Ane.

«Anche loro sono…?» ha detto Martín indicando prima Iosune e poi Ane.

«Una coppia?» ha detto Iosune.

«Lesbiche».

La risposta di Iosune ha richiesto qualche secondo più del necessario.

«Sì».

Abbiamo continuato a mangiare in silenzio.

«Quattro lesbiche in un appartamento. La fantasia di ogni uomo!».

Iosune ha lasciato cadere la forchetta ed è andata in cucina. Ane l'ha seguita.

«Tesoro...» ho sussurrato a Martín. «Smettila».

«Cosa ho detto?».

In quel momento Ane e Iosune sono uscite dalla cucina portando una torta che non era mia.

«Torta di cocco e carruba» ha detto Ane.

«Cos'è la carruba?» ho chiesto sorridendo da un orecchio all'altro, come se la risposta di Ane stesse per cambiare la mia vita.

«Non lo so, ma sembra cioccolato».

«Vado a prendere dei tovaglioli» ha detto Iosune.

Appena si è girata, Ane mi ha guardato, ha scosso la testa e ha sussurrato: «Non è per niente come il cioccolato. È disgustosa».

Io e Ane abbiamo ridacchiato insieme, come quando eravamo piccole.

«E perché non le dici che la trovi disgustosa?» ha detto Martín proprio mentre Iosune stava tornando in salotto.

«Cos'è disgustosa?» ha chiesto Iosune.

«Niente, amore».

«La torta?».

«No, no, tesoro. La torta è deliziosa. Si vede che sei stata in cucina tutto il pomeriggio» ha detto Ane, fulminando Martín con lo sguardo.

Abbiamo mangiato la torta in silenzio. Disgustosa in effetti.

«Vi piace?» ha chiesto Iosune.

«Molto!» ho risposto con più entusiasmo di quanto non volessi.

«Non è il mio genere» ha detto Martín.

«E qual è il tuo genere?» ha chiesto Iosune, sottolineando la parola *genere*. Martín non se n'è accorto.

«La cheesecake, per esempio. È la mia preferita».

«Te ne porto una fetta».

«Se non ti dispiace».

«Certo».

«Gliela porto io, non preoccuparti» ho detto, correndo verso la cucina. Ane è arrivata dietro di me.

«Che cazzo gli prende?».

«Non lo so. Credo sia nervoso. Non fateci caso, per favore. È solo che è la prima volta…».

«Cosa?».

«Che, be'… sai…».

«Che vede due lesbiche? Perché sono anni che mi conosce».

«Sì, ma non *insieme*. Per lui è una novità».

«Per lui è una *novità*. Non siamo animali esotici in uno zoo» ha detto Ane, prendendo la torta dal frigo. «E poi, non è la prima volta che vede due lesbiche insieme». Mi ha fatto l'occhiolino ed è tornata in salotto.

«Bene, dobbiamo alzarci presto domani. Grazie mille per la cena, era davvero buona» ho detto dopo aver raccolto i piatti.

«Cosa fate domani?» ha chiesto Ane.

«Passeremo la giornata a Donosti».

«Credevo ci foste andati ieri».

«Sì... be', alla fine no. Cioè, sì, ma volevo comprare una cosa che poi non ho trovato e ci torneremo domani per vedere se la troviamo».

«Domani è domenica» ha detto Iosune.

«Mia madre ci ha invitato a mangiare a Donosti e vogliamo andare per tempo. La domenica c'è un mercato dell'artigianato in piazza Guipúzcoa e Alicia vuole dare un'occhiata per vedere se trova lo zaino di pelle che sta cercando dall'anno scorso» ha detto Martín.

«Ah, molto bene» ha detto Ane. Iosune è rimasta in silenzio.

«Bene, grazie mille per la cena. È stato un piacere, Iosune» ho detto. L'ho baciata due volte e poi ho abbracciato Ane.

«È stato un piacere» ha ripetuto Martín.

Martín e io siamo andati alla macchina in silenzio.

«Guido io. Hai bevuto troppo» ho detto.

«Sto bene».

«Dammi le chiavi».

«Sto bene».

Quando Martín ripeteva la stessa frase due volte significava che era ubriaco e/o arrabbiato. Non ho insistito.

«Dovevi proprio parlare dello zaino di pelle davanti a Iosune?» ho detto.

«Che stai dicendo?».

«È vegana».

«Vegana e cogliona. Non so cosa ci veda Ane in lei. Non è nemmeno bella».

«Forse era nervosa. A me è piaciuta».

«Si, l'ho visto. Voi tre contro di me».

«Nessuno è contro di te».

«Be', così sembrava. Pensi che non me ne renda conto?».

«Di cosa?».

«Che ti vergogni di me».

«Non mi vergogno di te. Che stai dicendo?».

«Tu e le tue amiche, tutte così intelligenti...».

«Non dire sciocchezze. Anche Ane è amica tua».

«Ane è mia amica perché sono il tuo ragazzo. Altrimenti non si avvicinerebbe nemmeno a me».

«Non dire sciocchezze».

«Non è una sciocchezza. Tutto quello che dico ti sembra una sciocchezza. Pensi che sia stupido, vero?».

«No».

«Sì. Pensi di essere tanto intelligente e pensi che io sia stupido».

«Se pensassi che sei stupido, non starei con te».

«Stai con me perché ti piace essere quella intelligente della coppia. Ti piace sentirti superiore a me».

«Non è vero. Per favore, non voglio discutere».

Arrivati a casa, che era ancora piena di scatoloni perché eravamo appena andati a vivere insieme, Martín si è messo a guardare la TV e io sono andata in bagno per eseguire il rituale che Cristina mi aveva insegnato fin da piccola: «Quando sarai grande e ti truccherai, struccati sempre, qualunque cosa accada. Quando avrai la mia età mi ringrazierai. Poi lavati la faccia con il sapone, è meglio se lo compri in farmacia.

E infine, una buona crema idratante. Non è necessario spendere molti soldi per la crema, ce ne sono di economiche e molto buone. E la cosa più importante: lavati i denti. Le gengive sanguinano perché non le spazzoli nel modo giusto, Alicia.

Continua a spazzolare anche se sanguinano».

XI

«È tutto una merda».

Non ho ancora finito il mio primo bicchiere di vino. Ane sta per iniziare il terzo. Non sarò io a dirle che bisogna guardare il lato positivo delle cose, perché non credo che ci sia un lato positivo in tutto. Devi essere un coglione o avere molti soldi per pensarla così.

«Sì, è tutto una merda».

Beviamo in silenzio finché non finisco il mio bicchiere.

«Non posso più bere. Devo guidare».

«Bevo io per te, non preoccuparti».

Ane mi ha raccontato che lei e Iosune non andavano più d'accordo da qualche mese, che non scopavano più e che si facevano solo ripicche. A parte il sesso, non ricordo un periodo in cui Ane e Iosune siano state felici. Iosune aveva un'idea molto chiara di come voleva che fosse la sua compagna e cercava di piegare Ane al suo volere. Ane non glielo permetteva, si ribellava costantemente. Iosune la puniva con silenzi che potevano durare giorni.

All'università Iosune prendeva sempre il massimo dei voti mentre Ane saltava le lezioni per andare alle manifestazioni, giocare una partita a *mus* in mensa, andare a prendere la marijuana in uno spaccio, o qualsiasi altra cosa che non fosse stare in classe. Iosune glielo sbatteva sempre in faccia. «Non capisco perché sei tanto intelligente e ti comporti così», «te ne pentirai», «ti stai rovinando», come se la mia amica fosse un alimento scaduto, con pochi giorni di vita. Ma Ane non si stava smarrendo, si perdeva nella vita, si lanciava in qualsiasi cosa che potesse accelerarle il battito, cercando avventure nei limiti delle sue possibilità. Dato che non poteva usare il mondo come un suo parco divertimenti e andare con lo zaino in spalla in qualche paese lontano come fanno i figli dei ricchi, Ane vagava per Bortiz e i paesi vicini piena di curiosità. «Sono ansiosa, Ali» mi diceva, ma io lo sapevo, non era ansia. Quello che Ane aveva erano sogni molto più grandi di ciò che Bortiz e i suoi dintorni avrebbero potuto offrirle. "Sono ansiosa", perché il mondo è grande, il suo desiderio di esplorarlo immenso e le sue possibilità scarse. Lo psicologo della previdenza sociale le ha dato ragione e dei rilassanti muscolari. Iosune diceva che era pigra. Ma in realtà era così piena di vita che a volte non sapeva cosa fare con tutta quella foga che spesso le toglieva la fame e faceva andare il suo corpo, un passo dopo l'altro, sull'asfalto, a prescindere dalla temperatura esterna. L'unico modo in cui Ane poteva controllare quegli impulsi era fumare erba, trasformandosi in un corpo pesante e un cervello letargico. Ha abbandonato gli studi al secondo anno e ha iniziato a lavorare come cameriera nell'unica discoteca di Bortiz, una bettola di fine anni Ottanta dove era impossibile mantenere una conversazione e dove otteneva proprio ciò che le serviva: marijuana gratis, un modo per riempire le ore e non pensare troppo.

Quella è stata la prima volta che Iosune l'ha lasciata, dicendo che non vedeva un futuro con qualcuno che non fosse capace di prendersi sul serio. Quello che Iosune voleva dire è che non vedeva un futuro con qualcuno che non avesse una laurea, cosa che non avrebbe mai ammesso. «Tanto marxismo e coscienza di classe, ma poi la stronza non vuole una fidanzata cameriera» mi ha detto Ane una sera, dopo che lei e Iosune avevano litigato. Nel mentre, prendevo la mia laurea in giornalismo, senza molto interesse, incoraggiandomi, pensando che forse, una volta finita l'università, io e Ane saremmo potute andare a vivere in uno dei posti che avevamo sognato fin da bambine: Barcellona, Praga, New York, Oporto, San Francisco.

Dopo il liceo, Ane e io abbiamo investito i pochi risparmi che avevamo in un viaggio a Venezia, il nostro primo viaggio insieme. Era novembre e faceva un freddo gelido, ma non c'erano quasi turisti e io e Ane vagavamo per le strade con lo stomaco pieno di pizza e vino a buon mercato, affascinate dalla bellezza della città, così felici che ridevamo tutto il tempo. Ci siamo promesse che Venezia sarebbe stata la nostra via di fuga, che se le cose fossero andate male, ci saremmo trasferite lì, avremmo lavorato ovunque e ci saremmo impegnate per essere felici. Siamo tornate due anni dopo, questa volta in agosto. Ci è sembrata brutta, come una bambina prodigio diventata adulta a cui resta solo il ricordo di ciò che era una volta. Le strade erano affollate, sporche, non si vedeva quasi nulla a causa della moltitudine di persone, i veneziani rispondevano alle nostre domande con irritazione, senza dubbio stufi che la loro città venisse invasa di continuo. Siamo tornate a casa un po' deluse, ma abbiamo mantenuto intatto il ricordo di quella prima volta.

Nonostante fossi una studentessa mediocre, ho ottenuto uno stage in una rivista femminile. Be', me l'ha procurato Mercedes, la madre di Martín, che conosceva molte persone importanti e il cui scopo nella vita era cercare di sostituire mia madre.

Non potevo rifiutare, non quando c'erano compagni di corso molto più preparati che non avrebbero mai avuto l'opportunità che avevo avuto io. Sono stata molto fortunata. Così dicevano Martín e sua madre. Ho accettato lo stage e un anno e mezzo dopo avevo un contratto a tempo indeterminato come giornalista. L'anno seguente l'ho impostato in modo tale da poter lavorare da casa quando volevo. Per come sono andate le cose, sono stata fortunata. Come se avessi visto la Madonna. C'erano persone disposte a uccidere per un lavoro come il mio. Molte delle mie compagne non potevano permettersi stage non pagati ed erano costrette a fare una serie di lavori che non c'entravano nulla con quello che stavano studiando e non li avrebbero aiutate a riempire i loro curriculum. Ane la chiamava "la trappola dell'università": tutti abbiamo accesso all'università, ma se la tua famiglia non ha i mezzi o i contatti, lavorerai nella stessa merda in cui lavorano i tuoi genitori, guadagnando una miseria se sei fortunato. Il titolo universitario ti servirà solo per godere di una leggera sensazione di superiorità alle cene di famiglia e di fallimento quando ti paragoni a quelli che hanno avuto accesso a un lavoro grazie a un master che non ti sei potuto permettere.

Mercedes ha la capacità di essere passivo-aggressiva anche se non intende esserlo: appartiene a quella categoria di persone che non hanno avuto molto di cui occuparsi o di cui preoccuparsi nella vita e che stanno al mondo come se fosse tutto per loro, come se il pianeta dovesse essere grato di avere tali persone nella razza umana. Quello che Mercedes non diceva direttamente era che dovevo essere grata che Martín stesse con me. Martín, il suo bambino, il suo progetto di vita, il suo tutto. Così bello, così perfetto. Come poteva stare con una come me, così mediocre, così bassa, così normale.

Non c'era una settimana in cui potesse fare a meno di vedere suo figlio e quindi me. In presenza di Mercedes, la parola che dicevo più spesso era *grazie*. *Grazie* per il cibo, era delizioso. *Grazie* per avermi invitato a casa tua. *Grazie* per la premura. *Grazie* per avermi lasciato tuo figlio. *Grazie* per avermi permesso di esistere. *Grazie, grazie, grazie,* Mercedes. *Grazie mille.* Mercedes faceva in modo che mi sentissi sempre in debito con lei. Mi comprava regali costosi che non avevo chiesto, mi chiamava almeno una volta alla settimana per vedere se avessi bisogno di qualcosa, regalava a me e a Martín dei weekend fuori e cene in ristoranti alla moda, ha comprato l'appartamento in cui abbiamo vissuto insieme, quello in cui vivo ancora. Qualcuno potrebbe pensare che sia un'ingrata, che Mercedes è una donna buona, affezionata alla ragazza del figlio morto, ma è facile fingere di essere una brava persona quando hai tutto il tempo e i soldi del mondo e un marito che ti ignora. Invece di dedicarsi alla carità, come fanno le donne della sua classe, Mercedes si dedica a me, io sono il suo progetto da buon cristiano. *Povera ragazza.*

«Vieni a vivere con me» dico ad Ane.

«Sei seria?».

«Certo. Tu non puoi permetterti di pagare l'affitto da sola, io ho una casa vuota che mi sta crollando addosso. Vieni. Non so quanto tempo durerà, non so se Mercedes darà di matto e mi butterà fuori, ma per il momento...».

«Sei sicura?».

«Sicurissima».

XII

Non avrei mai immaginato di poter dormire con un posacenere pieno di mozziconi di sigarette accanto a me.

Non pensavo nemmeno di poter stare più di due giorni senza fare una doccia. C'è qualcosa di affascinante nell'essere lo spettatore della propria distruzione, qualcosa di provocatorio. Quando ho cambiato le lenzuola l'ultima volta? Quanto è profondo il mio abisso?

La polvere accumulata lascia entrare a malapena la luce dalle finestre. Ci sono libri sparsi, bicchieri e piatti sporchi in tutta la casa. La vernice sui muri ha perso la sua lucentezza, così come i mobili, che nonostante siano abbastanza nuovi, sembrano invecchiati e fuori posto, come un padre che cerca di essere divertente di fronte agli amici adolescenti alla festa di compleanno della figlia.

Il bagno accanto alla nostra camera da letto è l'unica stanza della casa che ho tenuto pulita, la vasca trasformata in un santuario dove mi lavo a lume di candela, lasciando che il mio corpo e il mio cervello si ammorbidiscano sotto il getto dell'acqua calda finché la tensione non scende così in basso da finire nello scarico.

Fare il bagno insieme era una delle tante cose che ci restavano da fare.

Tre ore e otto minuti dopo, la casa è pulita. Eppure…

Mi masturbavo in questa vasca e cercavo di non fare rumore se eri in casa.

È la prima volta che vado a fare la spesa da quando Martín è morto.

Gloria, la cameriera di Mercedes, mi porta la spesa a casa: cibo sano che io non tocco mai e che mio padre prende per cucinare e riportare nei contenitori. L'idea che io e Ane andremo a vivere insieme mi dà la spinta necessaria per andare in un luogo chiuso e pieno di gente. «Non succederà niente», mi ripeto in continuazione. «Non succederà».

Spingo il carrello nelle corsie in cui Gloria non va mai: cibi pronti, surgelati, biscotti, cioccolato, dolciumi, alcol, riempio il carrello mentre cammino e prendo le prime cose che vedo. Con il carrello pieno, vado al reparto frutta e verdura, in parte per un leggero senso di colpa, ma anche perché so che ad Ane piace il succo d'arancia a colazione.

«Alicia!».

Quella voce leziosa, quei gridolini isterici. Comincio a sudare. *Non puoi scappare. Non puoi scappare.* Mi giro in quella che sembra un'eternità, il tempo allungato al rallentatore. Mercedes è praticamente sopra di me. Si avvicina sempre così tanto. Troppo. Non riesco a vedere oltre, soltanto il suo sorriso dai denti perfetti, i suoi riflessi color caramello, il maglione di cashmere, il suo trucco, il botox, le tette finte, gli orecchini d'oro bianco. Il suo profumo mi fa venire un po' di nausea.

«Come stai, mia cara? Sono così felice di vedere che sei uscita di casa».

Mi avvolge in un abbraccio stretto, appoggiando la mia testa sulla sua spalla. Da lì posso vedere chi c'è dietro di lei.

Otto.

«Ciao, Alicia».

Allontano Mercedes da me. Mi sudano le mani.

«Che cosa ci fate voi qui?».

È la prima volta in vita mia che vedo Mercedes mettere piede in un supermercato.

«Gloria ha il bambino malato e abbiamo pensato che oggi la spesa l'avremmo fatta noi» dice, come se andare al supermercato fosse una spedizione in Amazzonia.

«Come stai?».

«Bene. Be', lo sai. Per quanto è possibile». Cerco di fare la mia faccia più addolorata. Non che non lo sia, è che voglio che Mercedes veda il mio dolore.

«Tu come stai?».

«Devastata. Sono devastata, Alicia» dice lei, che non deve fingere nulla perché il suo bambino è morto. Dà un'occhiata al mio carrello.

«Wow, cosa festeggi?». Questo è ciò che intendevo per aggressività passiva.

«Nulla. Ane resta a casa per qualche giorno, è un po' triste, e ho pensato che questo potrebbe tirarci un po' su».

«Ah be', certo. È importante cercare di tirarsi su. È

impossibile per me, certo...» Mercedes scoppia a piangere.

L'abbraccio. Restiamo così, per un momento che sembra infinito. Quando finalmente mi libera, ha tutto il mascara che le scorre sulle guance. Mi rendo conto che è solo quando piange che dimostra la sua vera età.

XIII

Caro Martín,

Perdonami. Non so a cosa stessi pensando quando ho detto ad Ane di venire a vivere a casa nostra. Devi perdonarmi, non so più chi sono. Questo dolore primitivo che mi invade da quando sei andato via mi ha fatto perdere la testa. Non lascerò entrare nessuno in casa nostra, non voglio che nessuno entri in queste stanze, che si sieda sul divano o che tocchi qualcosa. Non lascerò che Ane tolga i tuoi vestiti per fare spazio ai suoi, né che usi i tuoi asciugamani o prenda il tuo posto a tavola. Forse avevi ragione, assomiglio a Cristina più di quanto penso. Ma io non sono Cristina, non ti abbandonerò, amore mio. Non so come ho potuto fare spazio a qualcos'altro se non a questo dolore, al pensiero che non ci sei più. Il dolore mi fa impazzire, ma mi avvicina anche a te. Tutto questo peso nel mio corpo, gli occhi gonfi, questa pressione nel petto: è il mio modo di sentire la tua presenza, di averti di nuovo al mio fianco. L'angoscia mi definisce. Senza di lei, c'è solo il vuoto.

XIV

Lascio le buste della spesa in cucina e mi stendo sul divano. Accendo la TV, sperando di distrarmi. Suona il telefono.

«Tesoro, come stai?».

«Sto bene, *aita*. Sto aspettando Ane».

«Ah, cenate insieme? Sono contento. Un po' di compagnia ti farà bene».

Silenzio. «Ho pensato che forse ti piacerebbe pranzare con me a casa domenica. Posso fare i cannelloni e ordinare a Bego quei pan di spagna che ti piacciono tanto...».

«Grazie, *aita*. Non lo so. Ci sentiamo domani, okay?».

«Okay. Chiamami se hai bisogno di qualcosa».

«Okay. Ciao, *aita*».

«Ciao, tesoro».

Da quando Martín è morto, mio padre cerca di farmi andare a casa sua ogni settimana. Non ci è ancora riuscito. Ricardo ha le sue ferite, il suo abbandono. Ho paura che se mettessimo insieme il nostro dolore, sarebbe troppo grande, temo la solitudine di mio padre quasi quanto la mia. Eppure...

Tintinnio di chiavi. *Clic clac*. Ane spunta dalla porta, il viso arrossato dal freddo.

«Che fai lì? Dai, prepariamo la cena. Sto morendo di fame».

Getta il cappotto sul divano e va in cucina. «Per chi è tutto questo?» grida. Non dico nulla.

«Be', guarda, meglio così. Non ho voglia di cucinare» dice mentre entra nel soggiorno con un sacchetto di patatine. «Ho messo una pizza nel for... Cosa c'è che non va?».

Non riesco a far uscire le parole. Le lacrime, invece, scorrono liberamente sulle mie guance.

«Vieni qui».

Ane mi abbraccia e io la lascio fare.

XV

Quando avevo dodici anni ho sentito uno dei ragazzi più grandi della scuola raccontare a un altro che il pomeriggio precedente aveva visto la fica di una ragazza con la quale si era baciato. «Che schifo. Ce l'aveva come un panino al prosciutto, con tutto fuori». Loro ridevano e io mi sentivo mortificata: anche la mia era così. Anch'io avevo un mostro tra le gambe. Una cosa disgustosa con nient'altro che perdite e urina, che aveva una vita propria, una fame che sapevo di dover controllare e che non potevo dire a nessuno. Cos'è quella fessura carnosa che urla e si accende tra le mie gambe? Cosa sono tutte quelle pieghe disordinate? Non riuscivo a distinguere il clitoride dalle piccole labbra perché le mie non assomigliavano a quelle che vedevo nei libri: erano sporgenti, minacciose, non "piccole", ed ero sicura che fosse il mio clitoride e che lo avessi così per quanto mi ero toccata, per quanto mi ero strofinata.

Lo facevo sempre sopra le mutande, non osavo toccarmi direttamente.

Durante le lezioni, dopo essersi assicurati che noi ragazze stessimo guardando, i miei compagni di scuola si facevano segnali allungando le dita per comunicare il numero di seghe che si erano fatti la sera prima, suscitando le risatine di tutte le ragazze. Noi non ne parlavamo mai. Le dita allungate di solito andavano da tre a otto, suscitando risate sommesse quando il numero si avvicinava a dieci. Tre, cinque, sette. Dieci, dodici, quattordici – pensai tra me e me, tormentata da un sospetto che nutrivo da tempo – sono un maschio. O comunque una ragazza cattiva, sporca e malata. Una ragazza a metà.

Quel pomeriggio, mentre facevamo i compiti a casa mia, ho raccontato ad Ane l'episodio del "panino al prosciutto" e il mio sospetto che la ragione per cui la mia fica era deformata fosse perché mi ero toccata troppo.

«Fammi vedere» ha detto Ane.

«No».

«Tu mi mostri la tua e io ti mostro la mia».

Era un pomeriggio di maggio e i miei genitori erano usciti di nuovo per il "loro appuntamento". Non mi hanno mai spiegato in cosa consistessero questi *appuntamenti*, pensavo che andassero al cinema o a fare una passeggiata. Anni dopo ho scoperto che andavano a fare terapia di coppia.

Ane e io eravamo sdraiate sul divano, ognuna a un'estremità. I nostri piedi si toccavano. Ane ha allungato una gamba e ha messo il suo piede sulle mie mutandine, che erano visibili sotto la gonna dell'uniforme.

«Che stai facendo?».

«Non muoverti».

Con il dito grande del piede, ha iniziato a fare dei

cerchi, aumentando gradualmente la pressione. Ho chiuso gli occhi e l'ho lasciata fare. Appena prima che raggiungessi l'orgasmo, si è fermata.

«Tocca a te».

Una macchia umida è apparsa sulle mie mutandine bianche.

Ho allungato il piede verso di lei e ho imitato i movimenti di Ane.

«Più forte».

Ho aumentato la pressione e la velocità finché non è venuta.

«Vuoi farmi vedere adesso?».

Clic clac. Le chiavi nella porta. Io e Ane ci siamo sedute con le gambe unite e abbiamo preso i libri, fingendo di essere concentrate sulla lettura. Mio padre è entrato nel soggiorno.

«Come state, ragazze?».

«Bene, studiamo. E la *ama*?».

«Ha incontrato alcune amiche e si è fermata per un caffè in centro. Avete fatto merenda?».

«No. Sto morendo di fame» ha detto Ane.

«Bene, adesso vi preparo io qualcosa. Voi continuate a studiare. Rimani per cena, Ane?».

«Oggi ho promesso alla *ama* che avrei cenato con lei. È la nostra serata karaoke».

«Posso venire?» ho chiesto ad Ane.

«Certo».

«Posso andare, *aita*? Mi porto i vestiti per domani, così io e Ane possiamo andare insieme a scuola. Abbiamo studiato tutto il pomeriggio».

«Okay, ma a una condizione: venerdì tutta la famiglia andrà al cinema. Ane, sei invitata».

«Grazie, Ricardo».

Le serate karaoke a casa di Carmen e Ane erano ricche di risate, dolci e pizza. Microfono alla mano, urlavamo le canzoni di Rocío Durcal davanti alla TV fino allo sfinimento. Nonostante fosse molto più piccola e umile della mia, casa loro era piena di cose che le invidiavo. Ane aveva una televisione in camera, una PlayStation di seconda mano con un sacco di giochi, scarpe da ginnastica con piccole luci che si accendevano quando camminava, uno stereo, una gigantesca torre di CD e una libreria piena di libri e DVD, oltre a tutti i giocattoli che Carmen e sua zia le avevano regalato negli anni.

Sapevo che mio padre guadagnava molto più di Carmen e non capivo perché Ane avesse tutte quelle cose e io no. Ogni volta che volevo qualcosa, dovevo litigare con Cristina, che mi diceva sempre che non c'erano abbastanza soldi per i miei capricci. Quelle discussioni finivano con me che piangevo e con mia madre che smetteva di parlarmi. Una sera, dopo uno dei nostri litigi, mio padre è venuto in camera mia. Sdraiata sul letto, piangevo per la rabbia.

«Alicia, tesoro…».

«Perché mi tratta così?».

«Sai che la *ama* non è brava in queste cose, ma ti vuole molto bene».

«Non è vero».

«Sì, Alicia. La *ama* ti vuole bene e vuole il meglio per te».

«*Aita*, come è possibile che Ane abbia tutte quelle cose e io no? Tu guadagni molto più di Carmen».

Mio padre ha sospirato.

«Carmen compra ad Ane tutte quelle cose perché è tutto ciò che può permettersi. Quella donna non potrà pagare alla figlia un'università privata, né un master, né potrà mandarla a studiare all'estero. Carmen dà ad Ane quello che può. Potrei comprarti anch'io tutte quelle cose, ma preferisco risparmiare in modo che tu possa andare all'università che ti piace di più, viaggiare se ne hai voglia, darti tutte le opportunità che posso. Credimi, se Carmen potesse, lo farebbe anche lei».

«E perché non risparmia anche lei?».

«Perché non può, Alicia. Risparmiare è un lusso che Carmen non può permettersi».

"Non me ne frega niente delle tasse universitarie, *aita*, voglio una TV in camera mia" ho pensato, ma non ho detto nulla. Casa mia era dove io e Ane facevamo i compiti e la casa di Ane era dove ci divertivamo.

Dopo la nostra sessione di karaoke, io e Ane abbiamo sistemato il letto in cui dormivamo insieme, abbiamo dato il bacio della buonanotte a Carmen e siamo andate in camera. Era il momento del secondo gioco della serata: *Ti immagini?*. Io e Ane immaginavamo scenari in cui tessevamo le storie che proiettavano le nostre fantasie fino ad addormentarci.

«Tocca a te. L'ultima volta ho iniziato io» ha detto Ane.

«Va bene. Ti immagini che dopo esserci esercitate tanto con il karaoke, tra qualche anno diventeremo davvero brave e avremo successo come cantanti?».

«In realtà non ci riesco. Facciamo schifo».

«Sì. Ma possiamo fantasticare».

«Sì, credo di sì».

«È il tuo turno».

«Ti immagini se tuo padre ci avesse beccato oggi pomeriggio?».

«Non voglio nemmeno pensarci. Devono essere situazioni belle, ricordi?».

«Ma è stato bello». Sono rimasta in silenzio qualche secondo. *Bello* non era la parola giusta. «Ti immagini se vincessimo la lotteria e potessimo viaggiare per tutto il tempo che vogliamo?».

«Non giochiamo alla lotteria».

«Non importa, Ane. Stai rovinando il gioco».

«Ok, scusa. Ti immagini se fossimo fidanzate?».

«Sì, ecco. Ci mancava questo».

«Io sì che me lo immagino». Ane si è voltata verso di me, i nostri visi quasi si toccavano. Ha messo la sua mano nei miei pantaloni e ha iniziato a toccarmi sopra le mutandine.

«Cosa stai facendo?» ho detto senza opporre resistenza.

«Sto finendo quello che ho iniziato prima». Senza smettere di toccarmi, Ane si è messa sopra di me e mi ha baciato sulla bocca. Ci siamo baciate mentre lei mi masturbava fino a farmi venire.

«Tocca a te».

XVI

Ho iniziato a dormire a casa di Ane ogni settimana e ciò che facevamo è diventata un'abitudine di cui non abbiamo mai parlato. Abbiamo lasciato che fossero i nostri corpi a comunicare, cercando di fare meno rumore possibile, soffocando i nostri gemiti, coprendoci la bocca a vicenda mentre ci toccavamo, baciavamo, accarezzavamo e mordevamo nell'oscurità. Abbiamo scopato molto prima che le parole intralciassero il nostro desiderio, prima che riuscissimo a dargli un nome, prima che imparassimo a dare al sesso un giudizio morale. Dare un nome alle cose ci tiene fuori dall'oscurità, ma quando si tratta del desiderio, le parole alzano un muro, lo seppelliscono, limitano i corpi. Perché il desiderio nasce prima delle parole. Inizia sotto lo stomaco, viaggia attraverso il corpo fino a raggiungere il cervello e diventa fantasia. Se lo riempiamo con le parole, l'incantesimo si spezza. Le parole, a volte, sono il nemico.

L'indomani ci comportavamo come se nulla fosse.

Un giorno Ane ha provato a baciarmi nei bagni della scuola.

«Che stai facendo? Qui no».

«Perché no?».

«Perché no».

Ane è arrossita e ha abbassato lo sguardo, una cosa che non era da lei. Ho smesso di andare a dormire a casa sua e lei ha smesso di parlarmi. Ha iniziato a girare la voce che, durante l'intervallo, Ane andasse in bagno con altre ragazze, il che mi rendeva terribilmente gelosa. Intanto passavo il mio tempo libero a leggere qualche libro della biblioteca. Un giorno, Eli si è avvicinata a me mentre stavo leggendo. Mi ha sorpreso che venisse da sola, di solito era accompagnata da almeno due ragazze che la seguivano ovunque andasse. Era impossibile non ammirare i suoi capelli, i suoi lineamenti perfetti; impossibile non confrontare il suo corpo da donna col mio, sul quale cominciava già a spuntare qualche pelo pubico e ascellare e un odore bestiale che cercavo di coprire con il deodorante e il profumo che prendevo a mia madre, ma che affiorava sempre in superficie, disegnava aloni di sudore sotto le ascelle e si attaccava dentro le cosce.

Ero convinta che il fetore che emanavo rivelasse chi ero veramente: una ragazzina sporca e selvaggia, che quello fosse l'odore del diavolo. Puzzavo, avevo i peli, ma il mio corpo aveva ancora forme infantili. Eli, invece, aveva forme femminili e odorava di vaniglia. Eli, pensavo, con i suoi modi di fare da donna, doveva saperne molto di più sulla vita di noi altri. Anche se non mi piaceva, io desideravo segretamente la sua approvazione.

Ho fatto finta di non accorgermi di lei finché non si è seduta accanto a me.

«Come va?» mi ha chiesto con uno di quei sorrisi

che riservava ai professori, ai nostri compagni di classe e ai genitori. Non mi aveva mai chiesto come stessi prima.

«Bene» ho risposto, cercando di sembrare disinvolta.

Ho riportato la mia attenzione sul libro.

«Ho sentito che tu e Ane avete litigato, cosa è successo?».

«Non abbiamo litigato».

«Ah, devo aver capito male. È strano non vedervi insieme all'intervallo». Non si sarebbe arresa così facilmente.

«Ane ha altre amiche oltre me».

«E tu? Hai altre amiche?». Ho sentito le guance infiammarsi.

«Sì, ma vanno in un'altra scuola. Non le conosci» ho mentito.

«Okay». Per qualche secondo ho visto nei suoi occhi il luccichio malizioso che le si accendeva ogni volta che prendeva in giro qualcuno. Qualcuno come Ane e me. Ha subito recuperato la sua compostezza, il suo sorriso dolce.

«Questo sabato Irati e Saioa vengono a dormire da me. Ordineremo delle pizze e guarderemo un film horror. Che ne dici? Puoi rimanere a dormire anche tu». La cosa mi ha colta di sorpresa. Da un lato, sentivo che avrei tradito Ane se avessi accettato l'offerta di Eli, dall'altro, non avevo altre amiche ed ero curiosa di vedere l'interno della casa di Eli e scoprire cosa facevano le altre ragazze quando non erano a scuola. Eli ha risposto per me.

«Sabato alle otto. Passami il diario così ti scrivo il mio indirizzo». Se n'è andata saltellando.

Conoscevo già il suo indirizzo. Ane e io l'avevamo cercato anni prima, quando facevamo pozioni fatte in casa per mettere fine alla vita di coloro che rendevano miserabile la nostra. Due volte eravamo passate davanti alla casa di Eli con le pozioni nello zaino. Il nostro piano era di entrare da una finestra e iniettarla nel suo cibo, ma entrambe le volte ci siamo tirate indietro, io con la scusa che avevo paura del grosso cane che gironzolava nel giardino dei Basagoiti, Ane con la scusa che tutte le finestre erano chiuse e che era impossibile aprirle dall'esterno. Credo che entrambe volessimo segretamente che Eli aprisse la porta e ci invitasse a entrare per motivi diversi: Ane perché moriva dalla curiosità di vedere l'interno di una casa come quella e io perché in fondo volevo che Eli fosse nostra amica.

«Ti immagini vivere in un posto così?» mi ha chiesto Ane, guardando estasiata la casa dei Basagoiti.

«Vivremo in una casa più bella».

«Tu sì. Io non credo» ha detto Ane, mentre tirava calci a una pietra con lo sguardo basso.

«Certo che lo faremo. Vivremo insieme. La prima che avrà abbastanza soldi per una casa, la comprerà per entrambe» ho detto con enfasi. Ane mi ha rivolto un sorriso triste che a volte le sfuggiva e la faceva sembrare molto più grande di quello che era.

Durante quella settimana, la parola *lesbiana* è passata di bocca in bocca, prima nella nostra classe e poi in tutta la scuola, prima come un sussurro e poi come un insulto. Hanno iniziato a chiamare Ane *Ana* per far rima con il nuovo aggettivo. Proprio come aveva fatto anni prima con il nostro soprannome, las Bichas, Ane ha raccolto l'insulto e lo ha trasformato nella sua identità. Il venerdì si è presentata in classe con i capelli cortissimi e tinti di rosso fuoco. Era come se per tutti quegli anni avesse indossato una parrucca, come se si fosse finalmente fatta crescere i suoi veri capelli. Aveva un aspetto magnifico.

«Bel look, *Ana*» ha commentato Ion, «adesso di sicuro rimorchierai il doppio».

Ane si è girata in silenzio e gli ha risposto sorridendo:

«Ho leccato più fiche io questo fine settimana di quante ne leccherai tu in tutta la vita, inutile pezzo di merda».

La classe è scoppiata a ridere. Ion non ci ha messo molto a riprendersi dal colpo.

«E a questa gliel'hai leccata?» ha detto Ion, indicandomi. «Ti ha leccato, Alicia? Sono sicuro che l'ha fatto. Puttane di merda».

Ane mi ha guardato, in attesa che dicessi qualcosa. Non ho detto nulla.

«Oh, le fidanzate sono arrabbiate» ha continuato Ion con tono sfottente «forse è perché Alicia ha capito che le piacciono i cazzi. Ti piacciono i cazzi, Alicia? Vuoi che ti presti il mio?».

«Ho visto il tuo cazzo, Ion. Cosa dovrei farci? Mettermi il rossetto?» ho detto mentre cercavo Ane con lo sguardo. Non mi ha guardato.

«Vi spacco la faccia, lesbiche del cazzo».

Fingevo di non avere paura, ma ne avevo eccome: Ion era famoso per i suoi pugni e per quanto poco ci volesse per farglieli tirare. Anche così, gli ho risposto: «Sono stata con tuo padre ieri e lui ha davvero un bel cazzo. Peccato che tu non abbia ereditato nulla».

Ion si è alzato dalla sedia e ha fatto i tre passi che lo separavano dal mio banco. Ho messo le braccia davanti al viso, come uno scudo. In quel momento Suor Pilar, la nostra insegnante di lingue, è entrata dalla porta. Prima di tornare al suo posto, Ion mi ha sussurrato: «Te ne pentirai, stronza».

Ho cercato di nuovo di incrociare lo sguardo di Ane, qualcosa che mi dicesse che avremmo affrontato Ion insieme. Speravo mi difendesse e non gli permettesse di picchiarmi. Ane non si è nemmeno girata.

Quella notte non ho chiuso occhio. Quanto tempo ci sarebbe voluto perché Ane mi parlasse di nuovo? Perché all'improvviso Eli voleva essere mia amica? Immaginavo di arrivare a casa dei Basagoiti, Eli che mi apriva la porta con tutti i nostri compagni di classe. Li vedevo ridere di me per essere stata così ingenua, per aver pensato che volessero essere mie amiche. Ho visto Ane tra loro, che rideva più forte degli altri, stringendosi la pancia con il viso rosso e le lacrime agli occhi. Ane era più coraggiosa, più forte, molto più intelligente di me. Come potevo anche solo pensare che avrebbero voluto stare in compagnia di qualcuno di così mediocre, volgare, insignificante come me? Avevano scelto Ane, naturalmente, e ora si stavano tutti prendendo gioco di me, le loro risate mi rimbombavano nelle orecchie come un incubo. Quella notte ho sognato che io e Ane ci baciavamo nel mio letto. Quando ho staccato il viso dal suo, non ho visto Ane, ma Eli. L'ho baciata con rabbia, e quando ho separato il suo viso dal mio, non era Eli, ma Cristina, mia madre. Mi sono svegliata inorridita, con l'angoscia e il disgusto che si aggrovigliano nello stomaco insieme al senso di colpa. Solo una malata di mente sognerebbe una cosa del genere. Il diavolo che durante il giorno si manifestava nel mio corpo attraverso il sudore e il fetore è apparso sotto forma di umore nella mia vulva. Questa sono io, un animale marcio incapace di controllare il proprio corpo. Mi sono masturbata in modo furioso, cercando di placare l'angoscia e il disgusto, annegando nel senso di colpa e nell'eccitazione, e sono tornata a dormire con il viso inondato di lacrime.

Il giorno dopo non volevo alzarmi dal letto, né vedere mia madre, né parlare con nessuno e sicuramente non sarei andata a casa di Eli. Mio padre è venuto in camera mia a metà mattina, gli ho detto che non mi sentivo bene, che avevo avuto una brutta nottata e avevo bisogno di riposare.

Ho sentito mia madre che si affannava in cucina con pentole e piatti, ma non è venuta a vedere come stavo. Ho cercato di dormire un po', ma invano, ero troppo sconvolta dalle immagini della notte precedente, così mi sono alzata dal letto e sono andata a farmi una doccia. L'acqua calda mi ha fatto sentire meglio. Mi sono insaponata e sciacquata il corpo e i capelli tre volte, prestando particolare attenzione alla mia vulva, che ho sfregato senza guardare fino a farmi male. Sono uscita dalla doccia rinfrescata e mi sono sentita finalmente pulita. Ho rovistato nella piccola cassettiera del bagno finché ho trovato la crema per il corpo e il profumo di Cristina e li ho applicati entrambi con cura. Nascondere il mostro non è stato così difficile. Ho cambiato le lenzuola del letto e mi sono messa un vestito bianco con dei fiori rossi che mia zia mi aveva regalato per il mio compleanno. Mi sono guardata nello specchio del bagno e mi sono vista bella, pulita. I fantasmi notturni si sono placati. Forse Eli voleva davvero essere mia amica – perché non avrebbe dovuto? Dopo tutto non le avevo fatto niente. Tutti i nostri litigi erano causati da Ane e ora che non eravamo più amiche, non ero una minaccia per nessuno. Sono scesa in cucina confortata da quel pensiero e ho annunciato ai miei genitori che Eli mi aveva invitato a dormire a casa sua.

«Che bello, tesoro» ha detto Ricardo. «A che ora avete deciso di vedervi?».

«Alle otto».

«Ti accompagno in macchina e vengo a prenderti domani mattina».

«Grazie, *aita*».

«L'accompagno io» ha detto Cristina sorridendo, visibilmente contenta che avessi fatto amicizia con ragazze che non fossero Ane.

Ho preparato uno zaino con un pigiama e un cambio di biancheria e ho cercato di leggere fino al momento di uscire, ma non ho letto più di tre righe di fila. La visione di tutte le ragazze della classe che mi aspettavano per ridere di me continuava a tornare nei miei pensieri, mista a domande che mi tormentavano.

Di cosa parleremo? Dovrei giustificarmi con Ane? Mi sentivo in colpa perché non ci sarebbe stata, ma dopo qualche secondo ho pensato che era stata lei a non rivolgermi più la parola, era lei che aveva cercato di baciarmi a scuola, era lei che si era chiusa in bagno con altre ragazze. Venti minuti prima delle otto, mia madre è entrata nella mia stanza come faceva sempre, senza bussare.

«Sei pronta?».

«Sì».

Ho infilato il romanzo nello zaino, non perché avessi intenzione di leggere a casa di Eli, ma come se fosse un amuleto. Portare il libro ovunque io vada è un'abitudine che ho ancora.

«Come sei bella con questo vestito. Hai messo il mio profumo?» ha detto mia madre prima di mettere in moto la macchina.

«No».

«Alicia, va bene, ma la prossima volta chiedimi il permesso» ha detto mentre mi accarezzava i capelli. La carezza di mia madre mi ha elettrizzato. Non ero abituata a ricevere affetto da lei. "Grazie, Cristina, grazie mille". E allo stesso tempo: sono un cane abbandonato che non suscita altro che pietà. Non la tenerezza, la pietà. Cristina ha tolto bruscamente la mano dai miei capelli.

«Comportati bene. Non combinare guai. Viene anche Ane?».

«No».

«Bene».

"Ane non viene, io indosso il mio vestito nuovo, sono pulita, vado a fare nuove amicizie. Così mi amerai" ho pensato, ma ho solo detto: «Farò la brava, te lo prometto». Mia madre mi ha guardato per un attimo e mi è sembrato che le si inumidissero gli occhi, ma ha distolto lo sguardo prima che potessi assicurarmene.

Nonostante le mie lamentele, Cristina ha insistito per accompagnarmi alla porta. Eli ci ha aperto in pigiama.

«Ciao, Eli» ha detto mia madre con il sorriso che riservava agli estranei. «I tuoi sono in casa?».

«Ciao, Cristina. Piacere di conoscerti» ha detto Eli con il sorriso che riservava agli insegnanti, ad alcuni dei nostri compagni di classe e ai loro genitori. «Sono fuori a cena, ma torneranno prima delle undici».

«Molto bene. Divertitevi ragazze». Cristina mi ha dato un bacio fugace sulla guancia, che riservava per quando eravamo davanti ad altre persone. Non significava niente, solo la fine di una scena teatrale.

Eli mi ha chiesto di togliermi le scarpe. L'ho seguita su per le scale fino al secondo piano. I miei piedi freddi apprezzavano la moquette immacolata che si abbinava alle diverse tonalità di beige che dominavano la casa dei Basagoiti.

Goxo, ho pensato, provando lo stesso leggero formicolio di piacere che mi davano i cagnolini, i libri o il cibo caldo nelle più fredde giornate invernali. *Goxo* in basco, *cosy* in inglese. In spagnolo non esiste una parola equivalente. *Cosy* è simile, ma non è proprio la stessa cosa. *Acogedor* ha una g e una *r* che irrigidiscono la parola, a differenza della *s* di cosy o del suono *sh* della parola *goxo. Acogedor* è troppo lungo e non attraversa il corpo con un formicolio leggero e piacevole quando viene pronunciato[1]. A casa di Eli parlavano basco, a casa mia si parla castigliano.

La casa dei miei genitori era accogliente, quella di Eli, *goxo.*

1 Secondo Sapir-Whorf, il linguaggio non si limita a esprimere i nostri contenuti mentali, ma svolge un ruolo molto rilevante nel plasmare il nostro modo di pensare e persino la nostra percezione della realtà, determinando o influenzando la nostra visione del mondo. Le categorie grammaticali in cui la lingua classifica il mondo che ci circonda, ci fanno aderire a un modo specifico di pensare, ragionare e percepire, essendo questo legato alla cultura e al contesto comunicativo in cui siamo immersi durante l'infanzia. La teoria del linguaggio di Sapir-Whorf afferma anche che ogni lingua ha i propri termini concettualizzati che non possono essere spiegati in altre lingue.

XVII

Irati e Saioa ci aspettavano sdraiate a faccia in giù sulla moquette e sfogliavano riviste (l'odore: incenso, forte, che nascondeva un aroma un po' aspro, quello dell'infanzia che marcisce per far posto all'adolescenza che lottava con violenza per venire alla superficie dei nostri corpi. Come nota di fondo, appena percettibile, ben coperto dagli odori di cui sopra: il desiderio selvaggio di un gruppetto di ragazze che non sono ancora donne ma desiderano esserlo, un leggero aroma vaginale. Il suono: *I was born to make you happy* di Britney Spears, proveniente da uno stereo a forma di uovo). Ho controllato di nascosto l'odore del mio corpo: tutto in ordine. Le pareti rosa pallido della stanza di Eli erano ricoperte di poster dei Backstreet Boys e degli NSYNC. Un enorme poster di Britney Spears incoronava il letto (il desiderio di somigliarle era molto più profondo del pomiciare con qualsiasi cantante).

«Vuoi metterti il pigiama?» mi ha chiesto Eli. Ero l'unica a non averlo ancora indossato.

«Credo di averlo dimenticato a casa» ho mentito. Non volevo tirare fuori il mio pigiama con gli orsetti.

«Tranquilla, te ne do uno. Siediti dove vuoi». Mi sono seduta accanto a Saioa, che ha alzato lo sguardo per salutarmi con un movimento della testa e poi ha continuato a leggere. Irati non mi ha nemmeno guardato. Eli mi ha passato un pigiama bianco che profumava di ammorbidente.

«Dov'è il bagno?» ho chiesto.

«In fondo al corridoio a destra».

Mentre mi cambiavo ho sentito che ridevano. "Hanno guardato nel mio zaino, hanno trovato il mio pigiama e stanno ridendo di me".

Ho dovuto trattenermi dal rubare una boccetta di smalto rosso appoggiata su un angolo della vasca. Ho fatto un respiro profondo prima di tornare nella stanza dove (ero certa) Eli stava tenendo il mio pigiama in una mano mentre con l'altra si asciugava le lacrime provocate dalle risate. Ma non era il mio pigiama che Eli aveva in mano, era una rivista.

«Senti questo, Alicia» ha detto: «Roberto ha stretto il mio seno, dando dei colpi di piacere a ogni poro della mia pelle. Poi si è sdraiato sopra di me e ho sentito la sua erezione contro la mia coscia. Ero impaziente di farmi penetrare». (Irati: una grande testa vuota, apparecchio per i denti, occhi come due pozzanghere di piscio, tette che allora mi sembravano enormi e che facevano sì che i ragazzi della classe ignorassero la testa vuota, l'apparecchio per i denti e le pozzanghere di piscio e le corressero dietro per cercare di toccargliele). Cosa si aspettavano che dicessi: «Che schifo?» «Non vedo l'ora di essere penetrata anch'io?» si aspettavano che ridessi come una iena? Ho sorriso. La risposta giusta era la prima.

«Ordiniamo le pizze?» (Saioa: occhi enormi incorniciati da ciglia lunghissime, il sorriso sempre presente, un corpo voluminoso che faceva sì che i ragazzi della classe ignorassero i suoi occhi enormi, le ciglia lunghissime, il sorriso sempre presente e le corressero dietro chiamandola "foca").

«Non ho ancora fame, facciamo un gioco?» ha detto Eli.

(Eli: corpo di donna, viso d'angelo, una crudeltà tagliente. Un modo per dire a Saioa e alle altre che avremmo cenato quando voleva lei. Un modo sottile di dare a Saioa della "grassa". L'ape regina, un pungiglione intinto nel miele, l'equivalente femminile del maschio alfa).

«Okay!» ha detto Irati «hai le carte?».

«Sì, ma avevo pensato a qualcos'altro...» ha risposto Eli, prolungando di proposito la pausa.

«A cosa?» ha chiesto Saioa.

«Bacio, obbligo o verità» ha detto Eli rispondendo a me anziché a Saioa (il luccichio malizioso di nuovo nei suoi occhi). Irati ha lanciato un gridolino isterico. Io e Saioa non abbiamo detto niente.

«Andiamo in cucina e ve lo spiego».

Abbiamo seguito Eli in cucina (pavimento di piastrelle color sabbia, elettrodomestici nuovi di zecca, un tavolo rustico intagliato a mano al centro con quattro sedie abbinate). Il cane è arrivato per salutarci, mi è saltato addosso, le sue zampe anteriori sulle mie spalle, il terrore alla bocca dello stomaco.

«*Lur! Segi txokora!*» ha ordinato Eli al cane, che ha obbedito subito e si è sdraiato in un angolo della cucina con la testa appoggiata sulle zampe anteriori. «È molto buono ma diventa un po' nervoso quando ci sono persone che non conosce. La prossima volta che verrai, sarà più calmo» ha detto Eli con il suo dolce sorriso.

La prossima volta. Se mi fossi comportata bene, ci sarebbe stata una prossima volta. Le ho restituito il sorriso. «*Eseri*» ha ordinato Eli a Saioa, Irati e a me, con un tono simile a quello che aveva usato col cane. Abbiamo obbedito subito. Eli ha preso dal frigorifero quattro lattine di Coca Cola e le ha messe sul tavolo. «Torno subito». Irati, Saioa e io abbiamo bevuto le nostre bibite in silenzio mentre aspettavamo Eli, che è tornata poco dopo con una bottiglia di vetro vuota. L'ha messa al centro del tavolo e si è seduta sulla sedia di fronte a me.

«Non vi spiegherò il gioco. Comincio io, così imparate. È molto semplice» ha detto Eli. Poi ha fatto ruotare la bottiglia che si è fermata, indicando me.

«Bacio, obbligo o verità».

«Che succede se scelgo bacio?» ho chiesto.

«Che devi baciare una di noi» ha detto Eli. Ora sapevo perché mi aveva invitato a casa sua. Ho cercato di non mostrare il mio nervosismo.

«Verità» ho detto.

«Okay. Una regola: Se la bottiglia vi indica di nuovo, non potete scegliere due volte la stessa cosa» ha detto Eli, guardando noi tre.

«Okay» ho detto. Irati e Saioa hanno annuito.

«Bene, Alicia» ha detto Eli guardando prima Saioa, poi Irati, poi me. I suoi occhi si sono fissati sui miei: «È vero che tu e Ane…» Irati si è messa a ridere prima che Eli finisse la frase.

«Che Ane e io cosa?».

«Lo sai» ha detto Eli scambiandosi un'occhiata con Irati.

«No, non lo so».

«È vero che tu e Ane vi baciate e fate altre cose?». Ho sentito lo stomaco chiudersi.

«No».

«Devi dire la verità». Il cane si è avvicinato alla sua padrona trotterellando, lei gli ha accarezzato la testa. Poi è venuto verso di me e ha messo il muso tra le gambe. "Se ti comporti bene, ci sarà una prossima volta".

«No» ho ripetuto.

«Fermo, a cuccia!» ha gridato Eli al cane.

«Okay» ha detto con aria delusa. «Adesso è il tuo turno».

Ho fatto girare la bottiglia. Saioa.

«Bacio, obbligo o verità?» ho chiesto.

«Verità» ha detto Saioa.

«Hai mai baciato qualcuno?» ho chiesto.

«Sì» ha risposto Saioa.

«Chi?!» ha urlato Eli.

«Rispondi! Chi?» ha detto Irati.

«Alicia deve farmi la domanda e me l'ha già fatta».

«Chi?» ho chiesto.

«Queste sono due domande» ha detto Saioa con un sorriso misterioso.

«I tuoi genitori e i tuoi fratelli non contano» ha detto Irati, mentre cercava la complicità di Eli.

«*Ixo*, Irati» ha detto Eli. «La cosa comincia a farsi interessante. È il tuo turno, Saioa».

Saioa ha fatto girare la bottiglia. Eli.

«Scelgo bacio» ha detto Eli guardandomi. Ora so che Eli non voleva provocarci, che preferiva morire piuttosto che rivelare qualcosa di sé. Irati e Saioa si sono guardate. Infine, Saioa ha detto: «Devi baciare Alicia».

«Okay» ha detto Eli alzandosi di scatto dalla sedia.

Ho arretrato d'istinto. «Che c'è, non ti piaccio?» Irati e Saioa hanno riso.

«Tranquilla, non diremo nulla ad Ane. È vero ragazze?» Irati e Saioa hanno scosso la testa divertite. «Chiudi gli occhi». "Se ti comporti bene, ci sarà una prossima volta". Eli ha appoggiato le sue labbra chiuse sulla mia bocca per un secondo. «Ecco qua». Irati batteva le mani saltellando sulla sedia come una cogliona. Saioa nascondeva la risata dietro una mano. Eli è tornata al suo posto e ha girato la bottiglia. Avevo le guance in fiamme. La bottiglia mi ha indicato di nuovo. Irati ha sbuffato infastidita.

«Bacio o obbligo» ha chiesto Saioa.

«Obbligo».

«Molto bene. Devi baciare una di noi. Scegli tu con chi. Con la lingua». Irati e Saioa sono ammutolite. Ho bevuto un sorso della mia Coca Cola. Volevo andare a casa.

«Entro oggi» ha detto Eli, incrociando le braccia. Ho guardato Saioa. «Scusa».

«Non voglio» ha detto Saioa guardando la sua bibita.

«Non importa cosa vuoi» ha detto Eli. Saioa mi ha guardato con aria supplichevole. Volevo dirle: "Non preoccuparti, farò in fretta", ma non ho detto nulla.

«Non voglio» ha ripetuto Saioa. Eli ha alzato gli occhi al cielo.

«Dai, Saioa. Vediamo se è vero che hai esperienza con i baci» ha detto maliziosamente Irati. Sentivo la mia vergogna e quella di Saioa, gli sguardi di Eli e Irati. La violenza. Tutto sul mio petto. Ho girato il viso verso Saioa. Ha chiuso gli occhi. Le ho tenuto il mento con dolcezza e ho messo le mie labbra sulle sue. Ho spinto la mia lingua contro la sua bocca, che si è aperta giusto il necessario per farla entrare, e l'ho mossa lentamente, cercando la sua, che è rimasta immobile. Saioa sapeva di compleanno di bambino. Ho ritratto il viso. Eli e Irati ci guardavano fisse con una mano davanti alla bocca. Saioa ha continuato a tenere gli occhi chiusi. Nessuno ha riso. Ho fatto girare la bottiglia. Ancora Eli.

«Obbligo o verità?».

«Obbligo» ha detto Eli.

«Dai uno schiaffo a Irati».

«Cosa?!?» ha gridato Irati guardandomi con orrore. Saioa guardava la sua bibita.

«Dai uno schiaffo a Irati».

«Non voglio» ha detto Eli.

«Non importa cosa vuoi» ha detto Saioa guardando Eli, lo sguardo diabolico di quest'ultima si rifletteva nei suoi occhi gentili. Potevo quasi sentire le parole accumularsi sulla punta della lingua di Eli, pronte a essere sparate con l'odio che nascondeva abilmente sotto il suo viso d'angelo e il suo profumo di vaniglia, prima che le ricacciasse giù nello stomaco, come se stesse ingoiando un boccone dal sapore sgradevole.

«Bene» ha detto infine Eli con un sorriso forzato «possiamo ordinare le pizze, non credete?».

«Buona idea!» ha detto Irati.

«Okay» ha detto Saioa, con la sua solita dolcezza.

«Vado in bagno» ho detto, desiderosa di scappare dalla cucina e trovare un posto tranquillo per calmare la tensione che mi si era attaccata allo stomaco. In bagno ho scoperto che sopra le mutandine c'era una macchia di sangue scuro. Ho preso subito un pezzo di carta igienica e l'ho passato sulla mia vagina. La carta si è macchiata di sangue. Ho avvolto un pezzo di carta intorno allo slip e sono tornata in cucina.

«Eli, puoi venire un attimo?». Abbiamo lasciato Irati e Saioa in cucina e ci siamo chiuse in bagno. «Credo che mi sia venuto il ciclo».

«È la prima volta?».

«Sì».

«A me è venuto l'estate scorsa. Ti fa male qualcosa?».

«La pancia».

«Okay, tranquilla». Eli ha aperto uno dei cassetti del bagno, ha tirato fuori una compressa e me l'ha data. «Prendi questo. Puoi anche usare i tampax. Io non li uso, mi danno fastidio. Non dire niente alle altre, non ce l'hanno ancora. Sarà il nostro segreto. Se hai bisogno di qualcosa, dimmelo».

Eli è uscita dal bagno. Il nostro *segreto.* Ero felice di avere qualcosa da condividere con lei, che ci fosse un *noi* (le donne) contro un *loro* (le ragazzine). La mia gioia improvvisa si è interrotta: come potevo essere sicura che quel sangue fosse mestruale? Non me l'ero procurato da sola, masturbandomi come un animale? Quel sangue non era solo un altro segno di tutta l'oscurità che viveva in me?

XVIII

Caro Martín,

Hai sussurrato "amore mio" mentre facevamo l'amore per la prima volta. Ti ho risposto "amore mio", anche se riuscivo a malapena a parlare per il dolore. L'hai detto di nuovo, alla fine, e mi hai baciata con dolcezza. L'abbiamo detto ancora e ancora, incantati da quelle parole che non avevamo mai usato e che sono diventate magiche, a tal punto che le abbiamo ripetute all'infinito, estasiati dal loro suono. Quando le parole vengono pronunciate troppe volte, smettono di avere valore, diventano vuote, perdono il loro significato, si trasformano. Con il tempo, *amore mio* ha sostituito i nostri nomi, ha cessato di avere un effetto magico e ha assunto gradualmente un tono di rimprovero. «Amore mio, ti sei ricordato di comprare il latte?» «Ti ho detto che avevo una partita questo venerdì, amore mio» «Cazzo, amore mio, te l'ho detto mille volte». Ho cercato invano di ridargli significato. Durante gli ultimi mesi in cui siamo stati insieme ti dicevo "amore mio" con la speranza che il loro suono ci riportasse a quei primi tempi. Come se il semplice fatto di pronunciarle potesse resuscitare ciò che era già morto.

Volevo sentirti dentro con tutte le mie forze. Sentire che ci stavamo amalgamando. Che eravamo una cosa sola. Non è questo l'amore? Fondersi, divorare l'altro, mangiarlo, ingerirlo, averlo dentro, essere qualcosa che va oltre il proprio corpo. Scomparire.

Hai fatto scorrere le tue dita sul mio corpo. «Le tue cosce sono piene di onde», mi hai detto. Hai iniziato a contarle, accarezzandole una ad una. «Otto sulla coscia sinistra, dieci sulla destra. Vorrei farci il bagno». Quando sono tornata a casa mi sono chiusa nella mia stanza, mi sono spogliata e ho fatto procedere le dita su e giù per le cosce, proprio come avevi fatto tu, felice di essermi fusa con te e che tu avessi scoperto che il mio corpo era il mare.

Il giorno dopo, ero nel bagno della scuola quando ho sentito una conversazione tra Eli e Irati.

«Odio queste smagliature. Sono disgustose. Guardami, le ho su tutta la coscia» ha detto Eli.

«Be', non sono per sempre. Le ho anch'io».

«Sì, sono per sempre. Se a quindici anni ne ho così tante, immagina quando ne avrò venti. Mia madre mi ha comprato una crema che le elimina. Se vuoi, ti scrivo il nome e te lo porto».

Era la prima volta che sentivo quella parola. *Smagliature*. Ho tirato lo sciacquone e sono uscita.

«Ehi Eli, scusa. Non volendo, ho sentito la vostra conversazione...».

«Non volendo?».

«Si, lo giuro».

«Certo…» Eli ha guardato Irati e ha alzato gli occhi al cielo.

«Cosa sono le smagliature?».

«Stai scherzando, vero?»

«No».

«Ma in che mondo vivi? Oh, sì, lo so. Nel "paese delle meraviglie"». Eli ha fatto una risatina e Irati l'ha imitata. Poi si è alzata la gonna, lasciando le cosce in vista. «Guarda, vedi queste strisce bianche e rosa? Ecco, sono queste. Un orrore». Ha lasciato cadere la gonna sulle gambe. «Di sicuro tu non ne hai, sei così magra».

«Invece le ho».

«Be', lo stavo dicendo a Irati. Se volete vi dico il nome della crema che mi ha comprato mia madre. Ora non ricordo, ma vedo quando torno a casa».

«Okay, grazie. Fanno davvero schifo». La verità è che ho iniziato a odiarle proprio nel momento in cui Eli ha detto che facevano schifo. Non avevo onde. Il mio corpo non era il mare, era qualcosa di ripugnante.

Ti ho detto che ero vergine perché non ho avuto il coraggio di dirti che la prima è stata Ane e poi un uomo di vent'anni più grande di me, brutto, con un cazzo che sembrava una patata sporca. Come spiegarti che mi sono riconosciuta nello sguardo di quell'uomo come si riconoscono gli animali feriti, che la sua lascivia mi ha trasformato in un oggetto del desiderio e che era quello che anelavo? Essere un oggetto, separarmi dal mio corpo per diventare materia utilizzabile. Per raggiungere il mio obiettivo, al matrimonio di mia cugina, ho messo le mani su quanti più bicchieri di champagne ho potuto. Mentre mi nascondevo dai miei genitori, troppo occupati a salutare amici e parenti, ho bevuto l'equivalente di una bottiglia intera. Le bollicine si sono diffuse in tutto il corpo, sciogliendomi il cervello e le membra, portando un sorriso sul mio volto. Ubriaca, con il mio primo paio di tacchi, mi sono dimenata davanti a quell'uomo, un parente dello sposo che non mi aveva tolto gli occhi di dosso da quando eravamo entrati in chiesa. Qualche bacio e qualche carezza sarebbero bastati per soddisfare la mia fantasia di *femme fatale*, ma poi non ho saputo fermarmi, volevo mettermi alla prova, vedere fin dove ero capace di arrivare. Sono uscita dal mio corpo per guardare, inorridita e affascinata, come quell'uomo si è avventato su di me nel bagno del ristorante con il suo respiro caldo sul mio collo e la sua mano che afferrava i miei capelli. Quando ha finito, l'ho guardato mentre si tirava su i pantaloni e si lavava le mani, e mi sono resa conto che tutto era più bello nella mia immaginazione, che lì vincevo sempre, mentre seduta sul pavimento coperto di piastrelle bianche, il vestito spiegazzato intorno alla vita e la vulva sanguinante, non ero una donna pericolosa, ma una bambina spaventata. Avevo tredici anni.

XIX

Ane si è addormentata sul divano. Pulisco il tavolo del soggiorno: due bottiglie di vino vuote, avanzi di pizza e un sacchetto di patatine in cui sono rimaste solo le briciole. Esco in punta di piedi per non svegliarla, anche se Ane sarebbe capace di dormire nel mezzo di un temporale senza fare una piega.

Il bar sembra essere rimasto identico a come l'ho lasciato l'ultima volta, come se il tempo non fosse passato. Direi che anche la clientela è la stessa. Quando il barista mi si avvicina, gli dico che sto aspettando qualcuno perché sono già abbastanza ubriaca e non ho voglia di parlare. La clientela del bar si muove lentamente, il che dà alla scena un'aura onirica e senza tempo. L'odore: qualcosa di unto misto a sudore e vino rosso che sembra attaccarsi al corpo. Otto entra dopo un po'. Si siede sullo sgabello accanto a me, evitando il mio sguardo e fissando il suo sul cameriere. Trattengo l'impulso di mettergli la mano sulla gamba. Ordina una birra e finalmente mi guarda.

«Come va?».

Lo stesso sguardo. Lo stesso sguardo, anche se gli occhi di Otto sono marroni e non blu, i capelli neri e non biondi, la pelle molto più scura. Posso contare sulle dita di una mano le volte in cui ho visto Otto. Durante la mia relazione con Martín, era sempre altrove, a studiare a Berlino secondo Mercedes, anche se lei non ha mai specificato cosa studiasse esattamente.

Otto non sembrava essere molto presente nella famiglia Otamendi, in cui i protagonisti erano Martín e Mercedes, mentre José Antonio (il padre di famiglia) e lui, il primogenito, sembravano essere attori secondari che condizionavano appena la vita familiare. Secondo Martín, José Antonio aveva grandi aspettative per Otto, vedeva suo figlio come un'estensione di se stesso, tanto che sostituì il suo nome, Però, con una contrazione del cognome di famiglia, Oto, al quale Otto stesso ha aggiunto in seguito una *t*. Quando Martín parlava di Otto, si riferiva a lui come «mio fratello», e quasi sempre lo faceva a titolo informativo. «Mio fratello non verrà per Natale», «credo che sia andato a vivere fuori Berlino, in una comune o qualcosa del genere», «la sua ragazza è un'artista».

Tutto ciò che riguardava Otto era avvolto in un alone di mistero. La prima volta che l'ho visto è stato durante uno dei pranzi di famiglia che Mercedes organizzava spesso e ai quali aveva cominciato a invitarmi da poco. Martín e io stavamo insieme solo da pochi mesi, ma ero già stata diverse volte a casa degli Otamendi. «Mia madre ti adorerà» mi ha detto Martín prima di entrare per la prima volta in casa sua. «Voglio che tu mi adori» ho risposto.

Mercedes mi è sembrata una di quelle donne che

si impegnano per assicurarsi che la maternità non lasci segni sul corpo. All'inizio ero sopraffatta dalle sue continue domande. Pensavo fosse normale, dopotutto ero la ragazza di suo figlio, così mi sono lasciata trasportare dal suo entusiasmo, dall'attenzione che sembrava dedicarmi. Mercedes ammirava i miei capelli e i miei occhi, continuava a ripetere quanto fossi graziosa. Eppure, qualcosa nella sua voce, nel modo in cui pronunciava "carina" risultava ironico, come se stesse parlando di una bambola e non della ragazza di suo figlio. Mi ci è voluto un po' per capire che Mercedes replicava gesti appresi in una classe sociale a cui io non avevo accesso e, sebbene mi odiasse nel profondo, aveva passato troppi anni a nascondere i suoi istinti e le sue emozioni (praticando le "buone maniere") e non poteva sbagliare. Quella prima volta, Mercedes ci ha preparato la merenda mentre Martín si lamentava del fatto che Iñaki, il nuovo insegnante di matematica, ce l'avesse con lui. Era un uomo giovane che insegnava con un misto di entusiasmo e serietà il che, aggiunto al fatto che fosse bello, faceva sì che tutte le ragazze della scuola lo adorassero. Martín era solo un adolescente che si sentiva minacciato dalla presenza di un altro maschio alfa.

«Piccolo mio, come può qualcuno avercela con te» ha detto Mercedes, mentre abbracciava suo figlio. Quello che è successo dopo mi ha lasciato senza parole. Quando Mercedes si è staccata da Martín, lui le ha afferrato le tette e le ha strizzate delicatamente. Lungi dall'apparire infastidita, Mercedes ha ridacchiato come un'adolescente, ha spinto via le mani di suo figlio ed entrambi sono tornati alla conversazione come se nulla fosse successo. Proprio quando stavo cominciando a pensare che la scena a cui avevo appena assistito fosse frutto della mia immaginazione, Martín si è alzato, si è spostato dietro Mercedes, l'ha abbracciata e ha rimesso le mani sul seno di sua madre. L'immagine di Martín con il mento appoggiato sulla spalla di Mercedes, le mani che le stringono le tette, mi faceva venire la nausea.

«Vuoi che ti dia una mano, mammina?».

«Ho messo qualche Coca Cola in frigo poco fa, se vuoi, vai a servirle. Vuoi del ghiaccio, Alicia?».

"Voglio andarmene" ho pensato, ma ho detto: «No, grazie».

Questo tipo di situazioni, in cui l'interazione tra madre e figlio prendeva una piega incestuosa, si ripeteva ogni volta che Martín mi portava a casa sua. Non mi sono mai abituata, ma non ho nemmeno mai detto niente. Mai. Quello è stato il primo di una lunga serie di discussioni che non hanno mai avuto luogo al di fuori della mia testa. Continuavo a dirmi che litigare non sarebbe servito a niente, che avrebbe solo portato tensione nella nostra relazione. Avevo il terrore che Martín potesse lasciarmi, così quasi ogni discussione avveniva nella mia testa. Per alleviare l'angoscia, mi mettevo le scarpe da ginnastica e correvo per le strade di Bortiz finché non ero esausta, finché il mio cervello non era più un campo di battaglia.

Carmen non mangiava pane perché il glutine le si

attaccava alle pareti dello stomaco. A me la rabbia si attaccava al corpo. Anche se l'esercizio fisico la diminuiva, riusciva sempre a farsi strada nei miei pensieri, lasciando dei residui che si insediavano nel mio cervello come un'orda di parassiti che mi succhiavano l'energia a poco a poco.

La tavola degli Otamendi era sempre piena di prelibatezze, ma quella volta l'abbondanza di cibo rasentava il ridicolo, soprattutto considerando che saremmo stati solo in cinque. Due omelette di patate dall'aspetto succulento occupavano il centro del tavolo circondate da vassoi pieni di pomodori conditi con un olio dall'intenso colore dorato. Altri contenitori più piccoli riempivano il resto del tavolo: piccole porzioni di merluzzo in salsa pil pil, tacos di nasello in pastella, calamari, fette sottili di prosciutto, chorizo iberico, tre diversi tipi di olive, acciughe in salamoia, alici sott'aceto. Mercedes aveva riempito i pochi vuoti rimasti con candelabri che sembravano antichi e piccoli bouquet di fiori freschi. «Dal nostro giardino» ha spiegato con orgoglio.

Ha insistito per iniziare senza José Antonio, che sarebbe arrivato in ritardo per questioni di lavoro. Otto, che sedeva accanto a sua madre e di fronte a me, è rimasto distante per tutta la cena, alla quale prestava poca attenzione anche se era ovvio che lo sfoggio di cibo serviva a compiacerlo. I suoi pensieri sembravano essere altrove, in qualche luogo molto più interessante di quello che noi potevamo offrirgli. Rispondeva alle domande insistenti di Mercedes a monosillabi e a malapena diceva una parola a me e a Martín. Quando José

Antonio (alto, con le spalle larghe, i capelli neri come quelli di Otto, un'energia che sembrava inesauribile) è arrivato mezz'ora dopo che abbiamo iniziato a mangiare, l'atmosfera è cambiata. Una nuova tensione si è aggiunta ai silenzi che popolavano la conversazione già imbarazzante. La voce del padre di famiglia, intensa, profonda e molto forte, ha preso il centro della scena, mettendo in ombra il resto dei commensali che lo guardavano con un misto di rispetto e fascino. José Antonio ha dato un bacio sulla guancia a sua moglie e una pacca sulla spalla ai suoi figli prima di sedersi a tavola e servirsi enormi porzioni di pomodoro e omelette.

«Com'è stata la giornata, *aita*?» ha chiesto Martín.

«Lunga. Quegli americani di merda mi hanno rotto le palle tutto il giorno. Hanno mandato un coglione che non capisce un cazzo per chiudere l'affare e sono stato costretto ad accettare. Mi ha assillato tutto il tempo. Qui com'è andata?».

«Bene. Io e Alicia abbiamo finito gli esami e stavamo pensando di andare fuori città per il fine settimana».

«Dove?».

«Non abbiamo ancora deciso. Qualcosa di economico, nelle vicinanze».

«Gli ho detto che dovevano chiedere prima a te» ha detto Mercedes, rivolgendosi a suo marito.

«Tuo padre che dice, Alicia?» ha chiesto José Antonio.

«A mio padre sta bene». Mio padre non sapeva nulla. Gli avevo detto che avrei passato il fine settimana a casa di Ane.

«Be', se va bene a lui, va bene anche a me» ha detto,

mentre mi faceva l'occhiolino. Rispetto a José Antonio, mio padre era un uomo tranquillo. Non ha mai imprecato o alzato la voce e, ne sono certa, non gli sarebbe mai venuto in mente di fare l'occhiolino alla ragazza adolescente di suo figlio.

Martín mi ha preso la mano sotto la tovaglia. Questa sarebbe stata la nostra prima volta insieme lontano da casa. Avevamo già pagato la stanza d'albergo, pianificato un percorso, avevamo il bagagliaio pieno di provviste. Saremmo partiti comunque, anche senza l'approvazione di José Antonio. Eravamo pronti ad assumerci il rischio di essere puniti. Ora però saremmo partiti tranquilli, o almeno Martín lo avrebbe fatto.

«Bene, figliolo» ha continuato José Antonio, rivolgendosi a Otto «e tu come stai? Come ti trovi in Germania?».

«Bene. Come al solito. Niente di nuovo».

«Questo figlio tuo, sempre così eloquente» ha detto José Antonio, guardando Mercedes.

«È stanco per il viaggio, vero caro?».

«Neanche fosse venuto dalla Cina. Io sono stanco, ho lavorato come un mulo tutta la settimana» ha risposto José Antonio.

Silenzio.

«Otto ha trovato lavoro in una galleria d'arte» ha detto Mercedes.

«Wow, che bello! E cosa fai?».

«Sono alla reception. Organizzo gli appuntamenti, mi occupo dei visitatori, mi metto in contatto con gli artisti…».

«Fai il segretario, insomma».
Silenzio.
Mercedes si è lanciata in difesa del figlio.
«Credo sia un lavoro molto interessante. Otto trascorre le giornate circondato da artisti e persone importanti, vero tesoro?».
Otto non ha risposto.
«Rispondi quando tua madre ti parla» ha detto José Antonio.
«Sì, *ama*» ha detto Otto con gli occhi fissi sul piatto. José Antonio ha sospirato e ha lasciato cadere la forchetta. Prima che potesse dire qualcosa, Mercedes gli ha messo una mano sulla spalla, lo sguardo implorante. José Antonio ha fatto un respiro dal naso e si è girato verso di me.
«E tu, Alicia, che lavoro vorresti fare?». Sentivo che José Antonio non avrebbe approvato la mia vocazione di scrittrice. Avrei dovuto togliere la passione e aggiungere qualcosa per fargli vedere che mi preoccupavo di fare soldi. Se avessi saputo che anni dopo anche questa preoccupazione avrebbe davvero fatto parte di me e avrebbe deformato la mia vocazione iniziale…
«Giornalista».
«Sembra che tu abbia le idee chiare» ha detto José Antonio, molto soddisfatto. «È una professione difficile. Bella ma difficile, cosa pensa tuo padre?».
«E che ne sai se è difficile o no?» Otto si è intromesso prima che potessi rispondere.
Silenzio.
«So che è più difficile che fare il segretario, questo è

certo» ha risposto José Antonio, cercando di sembrare calmo.

«Alicia scrive molto bene» si è affrettato a precisare Martín.

«È la migliore della classe. Ieri abbiamo dovuto leggere ad alta voce un tema che ci era stato assegnato per letteratura e quello di Alicia era di gran lunga il migliore. La professoressa dice che ha talento».

«Questa è una buona notizia, ma il talento non è mai sufficiente. Bisogna lavorare e sforzarsi se si vuole ottenere qualcosa nella vita» ha detto José Antonio guardando Otto.

«Anche il talento serve» ha risposto Otto. «Il lavoro e l'impegno sono inutili se non hai talento, vero Alicia?».

«Be'...» ho iniziato a dire.

«Io non ho talento» mi ha interrotto José Antonio «da bambino non ho mai primeggiato in niente, né nello sport, né nella matematica, né nelle lingue, né nella scrittura. Niente. E sono grato per questo, perché mi ha fatto lavorare il doppio degli altri per raggiungere risultati che molti dei miei compagni di classe hanno ottenuto senza mai aprire un libro. Tutto quello che ho, tutto quello che sono, l'ho ottenuto grazie al mio impegno.

«E perché vieni da una famiglia ricca» ha risposto Otto.

«Dannazione! Ha parlato lo snob bohémien! Proprio tu che vivi come un marchese, senza fare niente dalla mattina alla sera...».

«Non vivo come un marchese» lo ha interrotto Otto.

«Bene, basta così» ha detto Mercedes. «Cerchiamo di goderci la serata in pace. Quante volte all'anno stiamo tutti insieme? Non potete comportarvi come si deve per una volta? Alicia, cara, non fare caso a questi due. Sono sicura che sarai una giornalista meravigliosa».

Ho sussurrato un grazie e ho sorriso a Mercedes, che ha continuato a raccontarci tutta una serie di pettegolezzi sugli insegnanti della scuola nel tentativo di ravvivare la conversazione. Mi sono interessata a quello che diceva, in particolare alla voce che Ángeles, la nostra insegnante di letteratura (la stessa che aveva lodato la mia scrittura) avesse una relazione con Liz, l'insegnante di inglese.

«Ma Ángeles non era sposata con quel tipo? Come si chiama?» ha chiesto José Antonio.

«Aitor. Hanno divorziato l'anno scorso» ha risposto Mercedes.

«E ora Ángeles ha deciso che preferisce la figa» ha detto José Antonio per poi mettersi a ridere. Anche Martín ha riso.

«Josean, per favore» ha detto Mercedes.

«No, no. Mi sembra fantastico. Quell'Aitor si starà strappando i capelli, ma, andiamo, ognuno può scopare chi vuole».

«Be', non so se mi sembra una cosa tanto buona» ha detto Mercedes.

«Voglio dire, ognuno è libero di fare ciò che vuole nella vita privata, ma non sono del tutto a mio agio con l'esempio che stanno dando ai bambini».

«Quale esempio?» ho chiesto.

«Be', lo sai. Non credo che sia giusto che si scambino effusioni davanti agli studenti».

«Perché no?» ho chiesto. Martín mi ha dato un calcio sotto il tavolo.

«Perché la scuola non è il posto adatto per queste cose».

«E se Liz fosse un uomo invece che una donna, allora sarebbe un posto adatto?».

Silenzio.

«Penso che quello che mia moglie sta cercando di dire» ha detto José Antonio «è che la scuola non è un posto per le manifestazioni pubbliche di affetto, a prescindere dal sesso».

«Be' io e Martín ci baciamo a scuola e nessuno pensa che sia sbagliato». D'altra parte, ho pensato, con Ane ho sempre dovuto nascondermi.

«Be', penso che neanche questa sia una bella cosa. A scuola si va per imparare» ha detto Mercedes. Dopo di che si è alzata, ha raccolto i piatti in modo brusco ed è andata in cucina con una rabbia silenziosa. L'ho trovata che infilava i piatti nella lavastoviglie con una mano mentre con l'altra si asciugava le lacrime.

«Mercedes, mi dispiace tanto...».

«Non è niente».

«Lascia che ti dia una mano».

Non ha risposto. Ho sciacquato le posate con cura e gliele ho passate. Siamo rimaste in silenzio finché non abbiamo riempito la lavastoviglie. Poi Mercedes ha preso un pacchetto di sigarette e si è seduta su uno degli sgabelli disposti intorno all'isola al centro della cucina. Mi ha teso il pacchetto e ha tirato fuori dalla tasca un accendino d'argento. Ne ho presa una (la prima che fumavo) e mi sono seduta sullo sgabello accanto al suo. L'ho messa tra le labbra e Mercedes me l'ha accesa.

«Mi dispia…».

«Non c'è niente di cui dispiacersi, Alicia. È tutto a posto».

Dopo il primo tiro, mi è venuta una tosse tremenda. Mi aspettavo che Mercedes si allarmasse, ma ha continuato a fumare senza scomporsi.

«Puoi passarmi il posacenere?» ha chiesto, indicando una piccola ciotola di argilla smaltata appoggiata sul lavandino. Ho messo la ciotola sull'isola e Mercedes l'ha presa.

«Otto l'ha fatta quando era piccolo».

Ha rimesso con cura la ciotola sull'isola e l'ha fissata.

«Appena ha imparato a lavorare con gli oggetti, ha iniziato a dipingere, a fare cose con le mani. Gli davi un pezzo di argilla e passava tutto il giorno a fare piccole statuine. Povero bambino».

Mercedes si è asciugata una lacrima che minacciava di scendere lungo la guancia sinistra.

«Ero così giovane… una bambina. Otto era un bel bimbo, ma non era mai soddisfatto. Piangeva senza sosta, a squarciagola, non era mai contento. Piangeva, piangeva e io avevo tanta paura. Lo portavo dal medico ma non aveva niente. Ero convinta che piangesse perché non mi amava, perché ero una cattiva madre, perché vedeva che non sapevo come prendermi cura di lui. Volevo andare all'università, fare l'insegnante, viaggiare. Volevo anche diventare madre, un giorno, ma non in quel momento, non così. Ero innamorata. Josean mi ha convinto che potevamo essere felici, che avrei potuto rimettermi a studiare dopo qualche anno, ma poi è arrivato Martín e mio marito ha continuato a fare carriera. La cosa più logica era che io rimanessi con i figli. Josean è un uomo buono, ma non gestisce bene i bambini». Prima che avessi il tempo di dire qualcosa come "tipico degli uomini", Mercedes ha continuato: «Volevo che Otto fosse come lui, che fosse interessato alle stesse cose. Ha cercato di insegnargli a pescare, a giocare a calcio, a dedicarsi agli affari, ma Otto non voleva. Josean si innervosiva molto, non sapeva cosa fare, gli urlava contro perché non lo capiva. Fin da piccolo ci guardava con quello sguardo, quel suo sguardo che quasi ti attraversa, sempre così serio. Sembra orribile ma, da quando era un bambino, ho avuto la sensazione che ci giudicasse. Martín era così bravo, così sorridente. Mi sono innamorata di lui e ho dimenticato Otto. Con Martín è stato così facile. Tutto andava bene per lui, non si lamentava mai. Quando è arrivato, Josean stava già avendo successo al lavoro, non avevamo problemi economici. Mi sono dedicata a lui completamente e Otto non mi ha mai perdonato per questo. Lo rivoglio, rivoglio mio figlio, ma non so come fare. Non me lo permette».

Dopo la sua confessione, è scoppiata in lacrime. Le ho portato un fazzoletto. «Mi dispiace, Alicia, penserai che sono una stupida».

«Va tutto bene, davvero. Non lo penso».

L'ho abbracciata abbastanza a lungo da farmi macchiare la camicetta di mascara. Una volta calmata, ha detto: «Tu studia, tesoro. Mio figlio è meraviglioso e sono così felice che voi due stiate insieme. Sei una ragazza stupenda. Ma non fate sciocchezze, avete tutta la vita davanti. Ci sarà tempo per i figli. Non correte, non è necessario».

«Non preoccuparti» ho detto.

Avrei voluto che Otto avesse sentito le parole di sua madre, per scuoterlo, per gridargli che non sapeva quanto fosse fortunato ad avere una madre che lo amava così tanto. Abbiamo preparato il caffè e i dolci e siamo tornate in salotto. José Antonio stava raccontando qualcosa che sembrava molto importante sotto lo sguardo attento di Martín, mentre Otto giocava distratto con le molliche di pane sulla tovaglia. Ho chiesto a Mercedes di sedersi mentre versavo il caffè.

«Grazie, tesoro» ha detto Mercedes dolcemente, con gli occhi ancora pieni di lacrime.

«... quando si arriva al dunque, non fanno niente, si attaccano al loro idealismo e al loro *buonismo*, ma non hanno la minima idea di come si dirige un paese» diceva José Antonio. Martín annuiva. Nessuno di loro sembrava notare la nostra presenza. José Antonio è rimasto pensieroso per qualche istante, sembrava aver finito le sue riflessioni ad alta voce. Presto mi sono resa conto che si stava solo preparando per il prossimo assalto. I suoi gesti, all'apparenza riflessivi, non erano altro che teatro. L'unico senso di quella pausa era aumentare l'interesse del pubblico. Non ricordo una parola di quello che ha detto ma, da allora, ho osservato quello stesso comportamento in molti uomini. Pause molto lunghe che prendono tutto il tempo del mondo, che prendono il tempo degli altri. Una falsa modestia nel suo discorso. Uomini abituati a essere sempre ascoltati, come se ogni loro frase avesse un valore incalcolabile. Mi fa sempre venire voglia di prenderli per il colletto e gridare: «E parla! Cazzo!».

Otto e io ci siamo scambiati un'occhiata. Lui ha guardato suo padre e ha alzato gli occhi al cielo. Gli ho sorriso. Ho pensato che fosse molto bello. Mi sono sentita in colpa. Dopo quella sera l'ho visto un altro paio di volte, anche se in un modo o nell'altro è sempre stato presente nelle mie fantasie.

«Alicia?» e ora eccolo qui, in piedi davanti a me. Mi chiedo se questo non è ciò che ho sempre voluto.

«Bene, sto bene. Sono solo un po' stanca, andiamo a casa?».

«Okay».

Otto paga la sua birra e andiamo. Mentre camminiamo, gli chiedo di Mercedes e José Antonio, se ha intenzione di vivere a Bortiz, se rimarrà con i suoi genitori. Due domande fluttuano nell'aria, ma non oso farle. Vorrà vivere nell'appartamento in cui sono ora? Mi lascerà continuare a stare lì? Mi dice che Mercedes passa le giornate a piangere, che José Antonio è diventato all'improvviso silenzioso e vecchio, che sì, resterà a Bortiz con i suoi genitori, è stufo di Berlino.

Dice anche: «Vorrei trasferirmi nell'appartamento. Puoi rimanere se vuoi».

XX

"Ti prego, resta".

Voglio allungare la mano, ma ho paura del vuoto. Inspiro. Apro gli occhi. Otto dorme accanto a me. Mi alzo in silenzio, temo che si svegli e se ne vada prima del tempo. Faccio il caffè e guardo senza troppa attenzione il retro della copertina di uno dei tanti libri che devo leggere. Quando alzo lo sguardo, vedo Ane appoggiata alla porta. Sussulto. Avevo dimenticato che anche lei adesso vive qui.

«Anch'io sono felice di vederti» dice Ane.

«Scusa, buongiorno» dico io. Ane fa un gesto con la mano per ricordarmi di non parlare prima che abbia preso il caffè. Si siede al tavolo con il cellulare in mano. Spero di avere il tempo di dirle di Otto prima che si svegli. Si sentono dei rumori dalla mia stanza. Ane mi guarda con le sopracciglia alzate. Ora sì che è sveglia.

«Chi?».

«Te lo dico dopo».

Otto appare in cucina con addosso i vestiti di ieri. Lui e Ane si guardano.

«E tu chi cavolo sei?».

«Otto, lei è Ane, un'amica. Ane, Otto».

Si salutano con un cenno del capo. Troppo presto per i due baci. Devo fare pipì, ma non voglio lasciarli soli. Voglio essere io a dire ad Ane chi è Otto. Verso il caffè in tre tazze e le metto sul tavolo. Otto si siede di fronte ad Ane, io mi siedo accanto a lui. La quarta sedia resta vuota. La sedia di Martín. Un raggio di sole attraversa la finestra, punta dritto su di me. Colpevole. Mi pettino sorniona, lascio che la luce accarezzi il profilo buono, raddrizzo la schiena, abbasso leggermente il mento, lascio le mani sulle ginocchia. Non ricordo quando ho preso coscienza della mia immagine, penso che sia qualcosa che ho fatto per tutta la vita. Tutto è *performativo* quando sono in pubblico, anche se si tratta di persone che conosco: parlare, mangiare, camminare, sedermi, alzarmi, legarmi i capelli e i vestiti. Ogni gesto è calcolato come se ci fosse sempre una telecamera puntata su di me. Avrò la camicetta sporca? Sarò abbastanza in ordine? Sarò troppo preparata? Abbasso lo sguardo in modo che il mio interlocutore pensi che sia timida e mostro le mani per sembrare sincera. Mangio lentamente anche se ho molta fame, non voglio che mi consideri una mangiona. Poi lo guardo dritto negli occhi per dimostrargli tutta la mia attenzione. Queste e altre domande si presentano come fulmini da qualche parte nel mio cervello. È un mormorio appena udibile, sempre presente. È la mia canzone di sottofondo. È la compensazione di abitare un corpo a metà. *Grazie, grazie, grazie mille.* Quello che gli altri chiamano *privato*, il sesso, anche quello è pubblico. Quando scopo imito le posture, i gesti e il modo di gemere delle attrici porno. Ho paura che il mio viso si imbruttisca quando vengo. Se mi metto carponi, inarco molto la schiena per far sembrare la mia figura più snella, se sono sdraiata e qualcuno mi lecca, tengo le braccia sopra la testa per far sembrare la mia pancia più piatta, le mie tette più alte. Quando ho finito, assumo la postura di una modella che sta per essere fotografata: faccia in giù, appoggio la testa sull'avambraccio, il viso nascosto tranne gli occhi. Accentuo un po' la curvatura della mia schiena, facendo risaltare il culo, un falso relax. A volte faccio finta di addormentarmi. Mi metto sul fianco e mi assicuro che la mia guancia sia schiacciata contro il cuscino, in modo che la mia bocca assuma una forma infantile-angelica il cui scopo è quello di far credere alla persona con cui ho appena dormito che sono vulnerabile, qualcosa che merita di essere trattato con cura. Dea del sesso e bambina. Visualizzo anche possibili situazioni e scenari e immagino quale sarebbe il gesto appropriato per ogni occasione. Sono la spettatrice di me stessa.

«Bene» dice Ane dopo aver bevuto il caffè in un sorso «devo andare. Faccio tardi».

Non appena la porta che dà sulla strada si chiude, Otto infila il dito medio sotto i pantaloni del mio pigiama. Mi accarezza con lenti cerchi sopra le mutande. Chiudo gli occhi e appoggio la testa all'indietro. Il sole mi colpisce il viso, i capelli mi cadono sulla schiena. Mi preoccupa non essere truccata. Penserà che sono bella?[2]

2 Secondo la dottoressa Caroline Heldman, il self-objectification è un processo chiave attraverso cui le donne e le ragazze imparano a pensare e trattare i loro corpi come oggetti del desiderio per gli altri. Alcuni degli effetti causati dal self-objectification sono: aumento del rischio di depressione, disturbi alimentari, disfunzioni sessuali, bassa autostima, media dei voti più bassa e body monitoring. Heldman definisce il body monitoring come segue: «Noi donne pensiamo alla posizione delle gambe, a come abbiamo i capelli, a chi ci guarda e a chi non ci guarda. In media, le donne fanno il body monitoring dieci volte ogni cinque minuti, ovvero una volta ogni trenta secondi».

XXI

Otto arriva con una piccola valigia e rimane per tre giorni. Non vedo quasi mai Ane e, quando la vedo, Otto è sempre presente, quindi non riesco a trovare il momento giusto per dirle tutto.

Parliamo a malapena. Sostituiamo le parole con baci, carezze, penetrazioni, leccate, morsi, sculacciate, spinte, tirate, graffi. Otto è più forte di Martín, più violento e, allo stesso tempo, molto più generoso. Quando mi arrendo, mi sostiene, con gli occhi, le braccia, le mani, le gambe e le parole che di solito non dice e che escono sotto forma di storie e ordini sussurrati. Ogni volta è diverso e si comporta come se anch'io lo fossi. Come se mi scoprisse ancora e ancora. Martín era fusione. Otto è attenzione.

Il terzo giorno scompare. Quando mi sveglio lui non c'è più e nemmeno la sua valigia. Lo chiamo al cellulare, è spento. Cristina, Martín, Otto. Ripeto i loro nomi ad alta voce Cristina-Martín-Otto, come se cercassi di stabilire una connessione tra loro tre, come se potessi capire le ragioni per cui mi hanno abbandonato. L'angoscia si deposita nel mio plesso solare.

Prendo delle piccole forbici da cucito che appartenevano a Cristina, vado in bagno e chiudo la porta a chiave. Comincio con l'avambraccio sinistro. Infilo le forbici e le faccio scorrere su e giù con movimenti lenti. Mi fermo prima di raggiungere il polso e ricomincio. Sono più silenziosa di Cristina e allo stesso tempo più violenta. Cristina faceva sempre rumore. *Zac zac zac.* Avevo otto anni la prima volta che l'ho vista. Non riuscivo a dormire. I rumori della notte mi tormentavano. Il mostro sotto il mio letto minacciava di trascinarmi all'inferno se avessi osato tirare fuori un'estremità da sotto il piumone. *Zac zac zac.* Il rumore veniva dal piano di sotto. Ho cominciato a sudare: cosa farebbe Ane al mio posto? Ane si sarebbe alzata, avrebbe preso qualcosa da usare come arma e sarebbe andata al piano di sotto per vedere cosa stesse succedendo. Ho contato fino a tre, sono saltata giù dal letto e ho acceso la luce. Ho riconosciuto camera mia. Ho preso una racchetta che Ane mi aveva prestato e ho sceso le scale in punta di piedi. *Zac zac zac.* La luce della cucina era accesa. C'era qualcuno. Potevo sentire le gocce di sudore scivolare lungo la schiena. Mi sono avvicinata a passo lento e ho sospirato di sollievo nel vedere mia madre seduta al tavolo della cucina, di spalle. *Zac zac zac.* Mi sono avvicinata in silenzio, cercando di non farmi vedere da lei. Era a un metro di distanza. Mi sono messa in punta di piedi per cercare di capire cosa stesse facendo. *Zac zac zac.* Cristina aveva il palmo della mano sinistra appoggiato a faccia in giù sul tavolo, con le dita distese. Nella mano destra un coltello che passava tra le dita, conficcandosi nel legno sempre più velocemente. *Zac. Zac. Zac.*

«*Ama*».

Il coltello si è conficcato nell'anulare di mia madre. Cristina ha lasciato la presa e si è girata verso di me.

«Alicia. Mi hai spaventata a morte».

Il sangue scorreva fino a toccarle la fede. Il mio sangue scorre fino a raggiungere il tatuaggio che ho sul polso. Le forbici, il coltello, gli aghi pieni d'inchiostro che segnano la mia pelle. Un tentativo di fuga dal mio stesso corpo che però è mio, mio, mio. Questo corpo a metà, disgustoso, a cui tutti hanno accesso. Bella, stronza, te lo metterei ovunque, bona, come sei seria, perché non sorridi? Rumore di baci nell'aria, che gambe, che tette, dove vai tutta sola? Vuoi compagnia? Puttana, bellissima, zoccola, occhi belli. Riempirò questo corpo di ferite o di carezze se voglio. Tatuerò le vostre parole sulla mia pelle. Perché questo corpo è mio, mio, mio. Ma, allo stesso tempo, voglio fuggire dai suoi limiti.

Dopo la morte di Martín, mio padre ha insistito perché andassi in terapia. La terapeuta, una donna bianca con un sari, mi fissava le mani.

«È l'ansia» ho detto.

«Da quanto tempo ti mordi?».

«Da sempre».

«Con chi sei arrabbiata?».

Ho visualizzato la sua vita: vegetarismo, yoga, sesso con uomini non bianchi, condiscendenza e razzismo travestiti da gentilezza e liberazione.

«Penso che sia l'ansia».

«È rabbia».

«Come?».

«Le unghie morse. Rabbia repressa: con chi sei arrabbiata?».

Cristina.

«Con mia madre».

«Penso che tu sia arrabbiata con te stessa, Alicia».

"Certo che lo pensi. Sei pagata per dire queste cose".

«Be', io credo di no».

«Ti mordi le unghie perché hai paura di far male a te stessa».

Clic clac.

«Ali?».

Rimetto le forbici nella loro custodia. Pulisco il rivolo di sangue sul braccio con l'acqua e lo asciugo con la carta igienica. Butto la carta nel water e tiro lo scarico. Mi metto l'accappatoio in modo che mi copra le braccia. Ane sostiene una cornice alta quasi quanto lei.

«Sei sola?».

«Sì. Cos'è?».

Ane gira la cornice verso di me. È l'immagine di un serpente giallo e verde arrotolato intorno a quella che a prima vista sembra una mela, ma in realtà è un cuore sanguinante con nomi di donne che scorrono nelle sue arterie. Helena, Ada, Artemis, Virginia, Heidi, Marie,

Mary, Angela, Judith, Hipatia, Anne, Juana Inés, Serena, Marsha, Dolores, Audre…

«Carino».

«Iosune me l'ha regalato per il mio ultimo compleanno».

«Che vuoi farci?».

«Pensi che potremmo appenderlo in salotto?».

«Certo».

Mentre studiamo su quale parete starebbe meglio il quadro di Iosune, Ane mi chiede: «E il tuo ragazzo?».

«Non è il mio ragazzo».

«Quello che è».

«Non lo so. Non so nulla di lui. Stamattina se n'è andato senza dirmi niente e ha il cellulare spento».

«Be', tornerà».

«Come fai a saperlo?».

«Nessuno è così bastardo da abbandonare la fidanzata di un fratello morto in quel modo».

Mi è salito il cuore in gola.

Ane si mette un'unghia tra le labbra e continua a fissare il muro come se niente fosse.

«Penso che dovremmo appenderlo qui. Hai un martello?».

«Come fai a sapere…».

«Era al funerale, accanto ai suoi genitori. È identico a suo padre».

Sento un calore improvviso. Mi tolgo l'accappatoio come se fosse in fiamme. Ane fissa il mio braccio sinistro per un momento, distoglie subito lo sguardo. Merda. Rimetto l'accappatoio. Ane fa finta di niente.

«Hai un martello?».
«No. Posso chiederlo a mio padre».
«Va bene, lo appendiamo dopo. Andiamo al mulino».
«Ora?».
«Ora. Guido io».

Il mulino di Agorregi è uno dei nostri posti preferiti. L'edificio in quanto tale non è molto interessante (o almeno non per noi), ma si trova in un bosco di faggi e querce con un ruscello che lo attraversa, dove di solito facciamo il bagno in estate. Abbiamo iniziato ad andarci con Carmen. Nei fine settimana, quando il tempo era bello, ci portava lì cariche di panini e qualche dolce che avevamo preparato noi tre insieme. Io e Ane abbiamo iniziato ad andarci durante la settimana, quando le lezioni universitarie erano troppo pesanti. Non ci vado da molto tempo, ma so che Ane ci va ancora quando ha bisogno di pensare.

Dopo aver parcheggiato la macchina, prendiamo il sentiero che porta al mulino. L'odore: corteccia d'albero, erba bagnata, letame. I rumori: il cinguettio degli uccelli, i nostri passi. La pressione nel petto diventa più leggera.

«Guarda!» dice Ane e indica il ramo di un albero. Due uccelli dalle piume bianche sono appollaiati sul ramo. È una specie che non ho mai visto prima. I lunghi becchi ricurvi sporgono dalle loro piccole facce arancioni, incorniciate da piume appuntite e che gli danno un aspetto buffo.

«Cosa sono?».

«Avvoltoi egiziani. Vengono dall'Africa e ogni primavera volano fin qui per fare il nido».

«Che brutti, poverini».

«Poverini un corno. Farei a cambio con loro. Volare dall'Africa e tornare senza doversi preoccupare di avere soldi o un lavoro. Ci sediamo lì?» Ane indica un pezzo di prato circondato dal fango proprio sopra il fiume.

«Ci perderemo».

«Ci siamo già perse».

«Eh?».

«Niente».

Ci sediamo facendo molta attenzione a non fare rumore per non spaventare gli avvoltoi egiziani. La sento lontana. Sono successe troppe cose. Abbiamo sofferto entrambe, c'è stato troppo dolore nella nostra relazione e fuori di essa. Abbiamo entrambe taciuto quando avremmo dovuto parlare. Ora un muro invisibile ci separa. So che ad Ane pesa quanto a me, ma è troppo orgogliosa per ammetterlo. Ci togliamo le scarpe e immergiamo i piedi nel fiume. L'acqua gelida mi indurisce i capezzoli, mi fa venire la pelle d'oca e mi dà coraggio.

«Stai bene?».

«Sì, perché?».

«Non lo so. È molto che non parliamo».

«Stiamo parlando».

«Dai, hai capito».

«No, Ali, non ti capisco. Ho smesso di capirti molto tempo fa, davvero».

Ane si guarda i piedi. Non so cosa dire. Una volta

condividevamo una lingua nostra, ora ognuna parla la propria e siamo incapaci di comprendere quella dell'altra. Provo a cercare parole che abbattano il muro, qualcosa che ci unisca di nuovo, ma non trovo niente. Ane continua a parlare.

«Non sto bene. Quello che è successo con Iosune mi ha colpito più di quanto pensassi. Mi manca. E poi, penso che sarò licenziata».

«Perché?».

«Mikel vuole che gestisca io il bar, che diventi la manager».

«Non capisco».

«Ieri mi ha detto che voleva venire al bar il meno possibile e che avrei dovuto occuparmi di tutto. Ho detto che va bene, ma volevo un aumento. Mi ha offerto cento euro in più. Gli ho detto di andare a fare in culo e me ne sono andata».

«È proprio da te».

«Sono stufa di essere trattata come un'idiota».

«Hai parlato di nuovo con lui?».

«No».

«Hai intenzione di chiamarlo?».

«Non lo so».

Ane tira fuori dalla tasca un portafoglio di pelle. Il suo "kit per le canne", come lo chiama lei.

«Pensi di smettere?».

«No. Tu pensi che smetterai mai di essere etero?».

Ecco. Mentre mi sto scervellando su come avvicinarmi a lei, lei si avvicina a me.

«Cogliona».

«Imbecille. Fuma, dai, abbiamo avuto un anno di merda tutte e due».

Fumiamo mentre guardiamo la coppia di avvoltoi egiziani.

«Sembrano due signore arrabbiate» dico.

«Ci somigliano» dice Ane.

Dopo il terzo tiro, inizia ad abbassarsi la pressione e la temperatura corporea. Estraggo i piedi dal fiume e li asciugo come meglio posso con le maniche della mia giacca. Ane non fa nemmeno una piega.

«Non hai freddo?» le chiedo.

«Mai. Sei tu quella freddolosa».

Mentre mi metto i calzini, Ane dice:

«Anche tu mi sei mancata, rompipalle».

Prima che possa risponderle, salta su e comincia a correre.

"Come puoi correre così sballata, cogliona".

Ho intenzione di dirglielo, ma è troppo lontana e la mia voce è troppo bassa.

«Ali!» grida. Si sta arrampicando su un albero, proprio come quando eravamo bambine. La sua forza e la sua flessibilità non smettono mai di stupirmi. Sale su un ramo e poi su un altro senza sforzo apparente, mentre io mi muovo verso di lei con passi lenti e goffi. Ane si aggrappa a un terzo ramo, il più spesso di tutti, e vi si appende, oscillando avanti e indietro.

«Fai attenzione!».

«Vieni!» grida, come se anch'io avessi le stesse capacità. La storia della nostra vita: lei si lancia nell'avventura, agile e veloce, mentre io la inseguo come un'anatra intontita. Lei mi spinge, io resisto. Il muro diventa un po' più piccolo. Mi fermo un momento per allacciarmi le scarpe, un compito che nel mio stato sembra molto complicato. Mentre sistemo la scarpa sinistra, sento un colpo secco. Quando alzo lo sguardo, Ane è a terra. Di colpo mi passa lo sballo. Corro verso di lei. Il suo viso è contorto dal dolore, i denti stretti.

«Credo di essermi slogata la caviglia».

Mi inginocchio accanto a lei e la sollevo. È più pesante di quanto pensassi.

«Tieniti a me, ti fa male?».

«Sì».

«Okay. Non ti preoccupare. Andiamo subito in ospedale».

Cerco di sembrare calma, cerco di non guardare la caviglia di Ane che è storta in modo innaturale. Cerco di non fargliela guardare dicendole: «Non preoccuparti, non è niente, fa molto male ma la sistemeranno in un attimo, tra poco saremo in macchina, resisti, poi ti porto a casa e mangiamo quello che vuoi per cena, vedrai come domani…».

«Ali».

«Cosa?»

«Promettimi che non ti farai più del male».

Poco prima di mettere Ane in macchina, vedo la coppia di avvoltoi egiziani prendere il volo. Forse non sono così brutti.

XXII

«Guarda, almeno Mikel non può buttarmi fuori e in più dovrà pagarmi per stare seduta qui».

Ane ha una distorsione. Il medico le ha dato un congedo per malattia. Le ha raccomandato di riposare, una parola che non entra nel vocabolario della mia amica. Cerca di alzarsi per la seconda volta.

«Stai ferma» le ordino. Ane sospira rassegnata.

«Voglio bere un po' d'acqua».

«Te la prendo io. Tu non muoverti».

«Almeno passami il mio kit. Non guardarmi così. La marijuana ha effetti curativi». Mette il broncio. «Fa un male cane».

«Esagerata» le allungo il borsellino di pelle. Sono tre giorni che mi prendo cura di lei. La sistemo sul divano e cucino per entrambe, la aiuto ad andare in bagno, pulisco la casa, facciamo una lista delle serie e dei film che vogliamo vedere e li guardiamo, scelgo i libri che mi sono piaciuti di più nell'ultimo periodo e li metto accanto a lei. Provo a distrarmi, a non pensare a Otto. Ammetto che prendermi cura di Ane mi dà una certa soddisfazione. Ane la guerriera, Ane la coraggiosa. Ane che non ha bisogno di nessuno, all'improvviso ha bisogno di me. Il muro tra noi sta svanendo.

«Mia madre vuole venire a trovarmi» mi dice il secondo giorno.

«Certo».

«Anche Ibai vuole venire».

«Bene. Preparo la cena per noi quattro?».

«Okay».

Ane ha conosciuto Ibai quando ha iniziato a lavorare come cameriera. Lui era da molti anni nel settore alberghiero e le ha insegnato tutto ciò che sapeva. Grazie a Ibai, Ane sa come asciugare i bicchieri senza farli sembrare sporchi, come rendere il bancone lucido in poco tempo e con poco sforzo, come riempire i mini frigo senza spezzarsi la schiena, come tenere la contabilità del bar, parlare con i fornitori, schiumare il latte, fare ottimi cappuccini e persino fare un cocktail o due. Da quando si conoscono, sono confidenti e compagni di serate, alle quali mi sono unita qualche volta e di cui mi sono presto stancata perché non riuscivo a stargli dietro. Ane insisteva che dovevo andare perché Ibai la lasciava spesso sola e senza spiegazioni, o si allontanava per molto tempo. Ricompariva solo quando Ane stava per tornare a casa, stanca di non ricevere una risposta alle sue chiamate.

«Non sai che personaggio, ragazza. Come faccio a dire di no a un tipo del genere?».

«Vado al supermercato, hai bisogno di qualcosa?» Ane sta sfogliando uno dei libri che le ho lasciato accanto. Risponde senza guardarmi.

«No».

«Starai ferma fino al mio ritorno?».

«No».

«Ane».

«Sì, rompipalle».

"Ibai non mangia carne, Carmen è intollerante al glutine, Ane e io mangiamo qualsiasi cosa" penso tra me e me mentre vago per le corsie del supermercato in cerca di ispirazione. Decido per qualcosa di semplice e sfizioso: verdure cotte in latte di cocco, spezie e succo di lime accompagnate da riso rosso. Una bottiglia di bianco e una di rosso. Meglio due di ognuno, non si sa mai.

«Alicia!».

Una donna mi saluta dall'altra parte del corridoio e si avvicina sorridendo. Era da molto tempo che non vedevo una donna così bella, che non ha quasi bisogno di truccarsi, il tipo che è spettacolare in jeans e maglietta. I suoi capelli biondi le cadono lungo la schiena, la sua pelle è leggermente abbronzata, il colorito di qualcuno che passa molto tempo all'aperto. Occhi enormi incorniciati da ciglia lunghissime. Saioa.

«Saioa! Non ci posso credere! Da quanto tempo!».

«Tanto! Come stai? Ho saputo di… mi dispiace molto».

«Tranquilla, sto molto meglio. Tu come stai? Sei bellissima».

Saioa ride civettuola.

«Be' bene, tutto il giorno avanti e indietro senza sosta. Tra il lavoro e la bambina, le mie giornate passano…».

«Aspetta, hai una figlia?».
«Sì, Nora. Credevo lo sapessi».
«Non ne avevo idea. Da quanto tempo?».
«Be', quasi tre anni».
«Cazzo».
«Sì. Infatti, non ho mai tempo. Devo fare la spesa e correre a prendere la bambina».
«Certo. Mi dai il tuo numero così ci vediamo qualche volta? Sono contenta di averti incontrato».
«Anche io sono molto felice».
Ci scambiamo i numeri e ci salutiamo con un abbraccio un po' felice e un po' imbarazzante.
Trovo Ane seduta nella stessa posizione. Invece di un libro, sta fissando il muro con aria assente.
«Indovina chi ho incontrato al supermercato».
«Ali».
«Che c'è?».
«Siediti un momento».
Lascio le borse della spesa sul pavimento e mi siedo accanto a lei.
«Che succede?».
Ane non risponde. Mi guarda con un'espressione strana, a metà tra il timoroso e il triste.
«Dai, Ane, cosa c'è che non va».
«Ha chiamato tua madre».

XXIII

«Sei sicura che fosse lei?».

«Sicurissima».

«Come fai a esserlo? Non la vedi da più di dieci anni».

«Ho riconosciuto la sua voce. Ti giuro che era lei, Ali».

«Raccontami di nuovo come è andata la conversazione».

«Ho risposto al telefono e lei ha detto "Alicia?" e io ho detto: "No, Alicia non c'è. Sono Ane. Chi è?" e lei ha detto "ciao, Ane" ed è rimasta in silenzio. La voce mi sembrava molto familiare ma non riuscivo a capire, come potevo pensare... Be', ho detto: "Chi è?" e lei ha detto "Cristina, come stai?". Sono rimasta senza parole e lei ha di nuovo detto "Ane?" e io ho risposto "sì" o qualcosa del genere e lei mi ha detto: "Puoi darmi il numero di cellulare di Alicia?" e io, come d'istinto, le ho detto "no" e ho riattaccato».

«Hai fatto bene. E lei non ha richiamato?».

«No».

Sento un peso sullo stomaco. Non è proprio ansia, non è proprio nervosismo. È un groviglio appuntito, come il filo spinato che mettono sulle mura delle prigioni per impedire ai detenuti di scappare. Chiedo ad Ane di chiamare sua madre e Ibai e di annullare la cena. Vado da una parte all'altra della casa, in ansia. Cosa vuole? Perché è tornata? Perché mi chiama? Perché ora? Chiamo mio padre per dirgli che vado a casa sua. Le strade sono buie e la brezza notturna è gelida. Magari nevicasse. Ho visto Bortiz innevata solo tre volte. La neve ha un effetto magico. Decora e mette a tacere il trambusto delle strade, avvolge tutto nella pace, rallenta i movimenti della gente, li smorza. Mi calma. Apro la porta della casa di mio padre con il mio mazzo di chiavi.

«*Aita*?».

Per i cinque secondi che Ricardo impiega a rispondere, penso che sia morto, che abbia avuto un infarto, un ictus, o che si sia tolto la vita ingerendo una manciata di barbiturici. Finalmente appare, allacciandosi una vestaglia intorno alla vita.

Ci sediamo sul divano. Non è più quello dove ho pianto dopo lo schiaffo di Cristina, dove io e Ane abbiamo guardato film e cartoni, dove io e Ane ci siamo masturbate per la prima volta. Ricardo se ne è disfatto poco dopo la partenza di Cristina e ne ha comprato uno di pelle marrone che, mi ha assicurato, sarebbe diventato sempre più bello col passare del tempo. Sono trascorsi dodici anni e mi sembra ancora orribile.

«La *ama* ha chiamato».

Mio padre non reagisce. Rimane a fissarmi, come se stesse ancora aspettando notizie.

«Ha chiamato Cristina. A casa mia».

Ricardo diventa livido. Apre la bocca come se stesse per dire qualcosa. La chiude di nuovo. Alla fine: «Cosa ti ha detto?».

«Io non c'ero. Ha parlato con Ane e ha chiesto il mio numero. Ane non gliel'ha dato».

Ricardo si alza dal divano e si siede di nuovo con lo sguardo vuoto e il viso sempre più pallido. Lo seguo in cucina, appoggia le mani sul tavolo e piega la testa in modo che io non possa vedere la sua faccia. Riempio due bicchieri d'acqua, ne bevo uno e metto l'altro davanti a lui. Non so quanto tempo passa. Quando alla fine alza la testa, ha il viso in fiamme e lo sguardo pieno d'odio.

«Figlia di puttana. Come si permette. Come si permette».

Le parole gli si aggrovigliano in bocca. La rabbia gli impedisce di parlare. Vorrei calmarlo, ma non so come. Non l'ho mai visto così, non l'ho mai sentito imprecare. *Figlia di puttana* nella sua bocca suona come un'altra lingua, perfino ridicola. È come se in tutti questi anni avesse nascosto un antico rancore che è cresciuto piano piano e che è riuscito a domare con distrazioni e buone parole.

«Sempre la stessa. Va e viene a suo piacimento senza tener conto degli altri. Cosa vuole ora?».

Mio padre beve il suo bicchiere d'acqua in un sorso. Non so cosa dirgli, sono affascinata da questo lato di lui che non ho mai visto prima. Non pensavo che fosse capace di parlare così, di dire queste cose, di provare questo odio. A poco a poco si calma.

«Posso abbracciarti?» gli chiedo. Mi guarda come se si fosse appena reso conto che sono lì.

«Vieni qui».

Ci abbracciamo in silenzio. Poi dice: «Non voglio che tu la veda, non voglio che torni nelle nostre vite e che ci faccia ancora del male. Non lo permetterò». Gli prometto che no, non la vedrò, che non ci farà più del male.

Controllo che sia più calmo.

«Vado a letto. Cerca di non pensare troppo e riposa, tesoro. Parleremo domani».

Esco in strada con la testa che mi bolle, incapace di percepire il paesaggio che mi circonda. Perché è tornata? Cosa vuole? Si è pentita di essersene andata e di averci lasciato? Non permetterò che faccia del male a me o a mio padre. Voglio proteggerlo. Lui è rimasto, lui non mi ha abbandonato. Devo farlo.

Quando apro la porta di casa, trovo Ane che chiacchiera con Otto.

XXIV

Entrambi rimangono a fissarmi in silenzio.

«Gli hai detto qualcosa?» chiedo ad Ane.

«No. Come stai?».

«Esausta. Vado a letto».

Vado in camera mia senza guardare Otto. Mi spoglio e mi metto a letto. Vorrei avere a portata di mano un rilassante muscolare o qualche altra pillola che mi offuschi la mente e mi faccia venire un sonno profondo. Vorrei che il cervello mi si riempisse di neve. Dopo un po', Otto si sdraia accanto a me.

«Alicia?» sussurra. Fingo di dormire e, in effetti, a un certo punto della notte, il sonno mi viene.

Quando apro gli occhi Otto mi sta guardando. Mi spavento, non ricordavo che fosse qui. Gli eventi di ieri mi tornano in mente. Chiudo di nuovo gli occhi.

«Buongiorno» dice Otto. Rispondo coprendomi il viso con il cuscino.

«Mi dispiace tanto, Alicia. È successa una cosa e sono dovuto scappare. Avrei dovuto dirti qualcosa. Mi dispiace. Se vuoi ci facciamo un caffè. Io ti racconto e tu mi racconti. Ane non ha voluto dirmi nessun dettaglio, mi ha detto che eri incasinata e che se pensavo di sparire di nuovo in quel modo mi avrebbe castrato».

Sorrido un po' dietro il cuscino. Ad Ane non importa che siamo le inquiline di Otto e non il contrario. Se lui osa farmi del male, lei lo ucciderà. Punto.

«Tu rimani qui. Ti porto io il caffè». Otto si alza. Allontano il cuscino dalla mia faccia e lo guardo mentre si mette la maglietta. Le vene delle sue braccia sono gonfie. Un'onda di desiderio attraversa il mio corpo. Otto tira fuori la testa dal colletto della maglia e mi sorride. Si siede sul bordo del letto.

«Posso avere un bacio?».

Mi puzzerà l'alito? Il mascara che non ho tolto ieri sarà tutto sbavato?

Lo bacio. Prima piano, poi con urgenza. Otto mi spinge via con delicatezza.

«Aspetta. Torno subito».

Armeggia in cucina per quella che sembra un'eternità. Torna in camera da letto portando un vassoio con due tazze di caffè e un piatto pieno di frittelle.

Trangugio le frittelle e il caffè. Magari iniziassi così tutti i giorni. Tutti i giorni. Non penserò a Cristina, non finché non avrò finito questa colazione.

«Grazie. Sono deliziose».

«Non c'è di che. Ne ho lasciate un po' sul tavolo per Ane».

«Dubito che si alzerà prima di mezzogiorno. Sarebbe un peccato se si raffreddassero».

Otto sorride e torna a prendere le frittelle di Ane. Finiamo di mangiare e, mentre va in cucina a posare il vassoio, io mi alzo di scatto e vado in bagno. Faccio la pipì controllando il getto per non fare troppo rumore. Non permetto mai che qualcuno mi senta mentre sono in bagno, specialmente se si tratta di qualcuno che mi voglio fare. Neanche a Martín lo permettevo. Poi faccio una doccia veloce, mi pulisco la faccia con una salvietta struccante. Mi scompiglio i ricci. Molto meglio. Torno in camera nuda. Otto alza lo sguardo dallo schermo del suo cellulare e sorride.

«Vieni qui».

Facciamo l'amore. Parliamo. Mi dice il motivo della sua scomparsa. Ha a che fare con Martín e un conto di risparmi che aveva. Mi dice che, legalmente, né lui né io abbiamo il diritto di toccare quei soldi e che, non avendo figli, sono Mercedes e José Antonio ad averne diritto. Ha parlato con i suoi genitori per cercare di convincerli che la strada giusta da considerare non è quella legale. Stavo per sposare Martín, quel denaro mi appartiene. Lo abbraccio. Piangiamo. Facciamo l'amore. Piangiamo. Mi scuso per essermi allarmata tanto quando se n'è andato. Gli racconto di Cristina, il vecchio e il nuovo, di come sia scomparsa un giorno, senza lasciare traccia, senza indirizzo. Niente. Gli dico che è riapparsa ieri, dodici anni dopo. Tutte le domande che mi sono fatta nel corso degli anni, le volte in cui mi è mancata, quelle in cui l'ho odiata e ho cercato di smettere di amarla, di convincermi che fosse morta. Mi abbraccia. Piangiamo. Facciamo l'amore. Non piangiamo più.

«Ali!».

Ane mi chiama dalla sua stanza. Salto fuori dal letto, mi metto le mutandine e la maglietta di Otto e vado da lei.

«Come stai?».

«Meglio. Tu?».

«Meglio. Ti sei persa le frittelle di Otto».

«Non me ne avete lasciata neanche mezza?».

«Neanche mezza».

«Bastardi». Schivo il cuscino che Ane mi lancia. «Che farai? Se chiama di nuovo».

«Non lo so. Tu?».

«Non lo so». Pensa per un momento. «Che ne pensi se mentre decidiamo organizziamo una cena e invitiamo Ibai, la mia *ama* e qualcun altro? Per tirarci su il morale».

«Per me va bene. Forse invito anche Saioa».

«Quale Saioa?».

«Urrutia. Della scuola. L'ho incontrata ieri al supermercato. Ha una figlia».

«Cazzo».

«Questo è quello che ho detto. Impazzirai quando la vedrai».

«Era carina. Aveva il cervello annebbiato da quella stronza di Eli, ma era carina. Quella scema come la merda era Irati. Madre mia, che cretina».

«Sì. Senti, sono occupata. Vuoi che ti porti qualcosa per colazione?».

«Sei occupata a scopare?».

Le rilancio il cuscino.

«Devo prenderti qualcosa o no?».

«No, lascia stare. Penso che proverò a camminare

un po', anche se su una gamba sola. Se fa troppo male, te lo faccio sapere».

Otto si è addormentato. Gli accarezzo la schiena e conto i nei. Martín contava i nei sulle mie gambe e con un pennarello giocava a collegare i punti tra loro.

Mi trattengo dal non schiacciare un punto nero che Otto ha in mezzo alla schiena. Da dove verrà questa ossessione e il piacere di far scoppiare punti neri, pustole, brufoli. I miei preferiti sono quelli che fanno rumore, come se stessi rompendo delle piccole ossa. Una volta ho notato un brufolo con la testa bianca sulla spalla destra di Martín mentre lo stavamo facendo e sono venuta pensando di farlo scoppiare più tardi. Otto si gira verso di me e apre gli occhi.

«Ciao».

«Ciao».

Silenzio.

«Hai intenzione di andartene di nuovo?» gli chiedo.

«Mai».

XXV

Otto e Ane vanno d'accordo. Otto dice che sta cercando un locale per aprire un caffè-libreria qui a Bortiz. Dice che Berlino è piena di posti del genere e che funzionano benissimo, che vuole restare qui e mettere radici. Vuole anche che Ane diventi sua socia, ha bisogno di qualcuno con esperienza nel settore alberghiero. Ane gli dice che Bortiz non è Berlino, che non è redditizio che qualcuno ti occupi un tavolo con un libro e un caffè, che bisogna pensarci bene, ma sembra contenta. So che la prospettiva di avere un'attività sua la rende felice.

«E tu, bella?» mi chiede Ane «pensi di tornare a lavorare un giorno?».

Tornare al lavoro. Ho lasciato il lavoro alla rivista quando Martín è morto. Dubito che vorranno assumermi di nuovo. Fino ad ora non ho avuto bisogno di soldi. Avevo – ho – un tetto sulla testa, cibo, qualche risparmio che non ho quasi toccato perché da quando Martín è morto non ho fatto molto, non sono quasi uscita di casa. Mi sono abituata a vivere con poco. Ora che Otto è qui, ho di nuovo voglia di uscire, andare a cena fuori, comprare bei vestiti, magari fare una piccola gita.

«Cercherò di affermarmi come libera professionista. Vediamo se posso piazzare un articolo qui e là».

«Fai quello che vuoi, ma devi ricominciare a scrivere» mi dice Ane.

L'idea di tornare a scrivere mi eccita e mi spaventa. Non sono più pratica, non so se sono capace di stilare un articolo o un reportage in poco tempo. Ane ha sempre letto i miei testi, anche quando mi occupavo dell'oroscopo della rivista per cui lavoravo prima che Martín morisse.

Ariete: ti aggrappi alla vita con passione e si vede. Forse devi imparare a lasciar andare. È un buon momento per pianificare un viaggio.

Toro: la tua testardaggine ti porterà più di una delusione questa settimana. Perché non provi a fare esercizio? Affronterai le situazioni complicate in modo diverso.

Leone: ascolta la tua amica e liberati di ciò che ti fa male. Questo fine settimana qualcuno che ami ti sorprenderà.

La sorpresa è stata un soggiorno di due notti in una spa in Cantabria che Mercedes ha regalato a Martín e a me e alla quale Martín non poteva andare perché, diceva, aveva molto lavoro.

Non ha smesso di piovere per tutto il soggiorno. Io e Ane non abbiamo lasciato l'hotel e la spa se non per comprare vino, sigarette e schifezze varie.

Otto cucina bene, molto meglio di me e Ane. Fa anche la spesa, porta fuori l'immondizia, spazza il pavimento e passa l'aspirapolvere. Finché Ane non si riprende, faccio io tutto il resto (lavare i piatti e i pavimenti, pulire i bagni, le finestre, spolverare, fare il bucato…). La casa è pulitissima. Quasi ogni sera guardiamo un film dopo cena. A Otto divertono i commenti di Ane: "Ma dai! Ma come fa quella gnocca ad andarsene con quell'idiota!". Ad Ane piace il fatto che Otto abbia abbandonato l'Accademia d'arte al terzo anno per andare a vivere a Berlino. Non ero così felice da molto tempo. Stacco il telefono di casa. Non lascerò che Cristina rovini tutto. "I morti devono rimanere sepolti" penso, sentendomi in colpa. C'è anche un altro pensiero che non lascio affiorare, che spingo giù appena fa capolino. Sto con il fratello buono. Ane chiama Carmen e Ibai. Io chiamo Oihana e Uxue, le mie amiche dell'università, Mirari, l'unica amica che ho avuto alla rivista, e Saioa. Tutte accettano subito l'invito, Saioa mi dice che non può venire alla cena, che si devono alzare presto il giorno dopo: «Io e mio marito andiamo a passare il weekend fuori con la bambina». Mio marito. Noto come le si riempie la bocca quando dice queste parole. Mio marito. *Mio, mio, mio, mio*. Pronome possessivo. (Marito: dal latino *maritus*. Uomo sposato rispetto a sua moglie. Moglie: 1. Donna sposata con il suo coniuge. Donna che ha formalizzato la sua relazione prima del matrimonio celebrando la promessa. 3. Anello indossato da un vescovo cristiano come segno del suo ufficio. 4. Anello di metallo attaccato ad un altro anello simile in una catena usata per legare i polsi dei prigionieri). La invito a prendere un caffè a casa. Accetta.

Io e Ane ci scervelliamo sul menù, facciamo una lista di possibili piatti, cerchiamo ricette su Internet, ci gasiamo guardando foto di cibi sofisticati. Finiamo per optare per una cena a base di finger food: salumi, frutta secca, un paio di creme da spalmare – "Compriamo l'hummus o lo facciamo in casa? Lo compriamo" –, cracker, spiedini di prosciutto e *chatka*, senza prosciutto per Ibai. Molto vino. Prometto di fare una frittata di patate. "Pane! Non dimentichiamoci il pane! Il dessert lo porterà qualcuno, no?".

Saioa suona il campanello alle quattro. Nora tiene la mano di sua madre. Capelli nerissimi – un'eredità di suo padre, suppongo – e naso lentigginoso, gli occhi di Saioa, ma vuoti. «Nora, tesoro, questa è Alicia». La bambina non risponde e non mi guarda. "Maleducata" penso. «È autistica» mi dice Saioa. Le accompagno in salotto. Ane è sdraiata sul divano con il piede in alto, una pila di libri da una parte e il telecomando della TV, il portatile e un posacenere dall'altra.

«Ciao Saioa!».

«Ane?».

«Sempre io. Scusa se non mi alzo, mi sono slogata la caviglia un po' di tempo fa e non mi sono ancora ripresa».

«Da quanto tempo!».

«Parecchio! E chi è questa bella bambina?».

«Nora. Guarda, Nora» dice Saioa indicando Ane «questa è Ane». Poi, rivolgendosi ad Ane: «È autistica. Probabilmente non mi ha nemmeno capito, ma continuo a provare».

«Accidenti...».

«Va tutto bene. Ora almeno sappiamo cosa ha. Prima mi faceva impazzire, pensavo fosse sorda».

Servo il caffè e un pan di spagna che Otto ha preparato la mattina. Saioa mette alcuni cubi di plastica colorati davanti a Nora. «È l'unica cosa a cui presta attenzione». Chiedo ad Ane di togliere le sue cianfrusaglie dal divano e io e Saioa ci sediamo ognuna da un lato. Ci racconta che lavora come personal trainer, che suo marito è nella finanza, che entrambi erano sicuri di volere figli, che Nora è la sua vita ma che a volte è molto difficile e si sente sola, che quando la bambina è nata stava molto male e pensavano che non ce l'avrebbe fatta, che il medico le ha detto che è sopravvissuta perché è una bambina.

«Le donne sopportano meglio il dolore».

Mi chiedo se non sia questo che ci definisce: il dolore che siamo capaci di sopportare.

Parliamo della scuola, degli insegnanti e dei nostri ex compagni di classe. Saioa ci dice che Irati ha studiato amministrazione e gestione d'impresa – Ane mi guarda e alza gli occhi al cielo – e che si è trasferita a Londra tre anni fa.

«E cosa è stato di quella vipera?» chiede Ane.

«Chi?».

«Eli».

Saioa ammutolisce. Silenzio. Lancio uno sguardo assassino ad Ane.

«Eli vive a Donosti con suo marito. Questo è tutto quello che so».

«Oh, anche lei è sposata» dice Ane.
«Sì. E voi? Da quando vivete insieme?».
«Da poco tempo. Mi sono lasciata con la mia ragazza e Ali, be'... abbiamo pensato che fosse una buona idea vivere insieme. Ora il mezzo fidanzato di Ali si è unito a noi, ma be', è simpatico».
«Ane, zitta».
«Ah, hai un ragazzo?» dice Saioa, cercando di nascondere lo stupore.
«Be', è ancora presto per chiamarlo così...».
«Come si chiama?».
«Jokin» mento. Non si sa mai.
«E come vi siete conosciuti?».
«In un bar. Stiamo insieme da pochissimo tempo. Non è niente di serio».
«Ma lui vive già qui».
«Sì, be', è complicato».
Silenzio. Saioa dice:
«Ho visto Ion poco tempo fa. Sta un po' meglio». Continua quando vede che io e Ane non diciamo niente. «Non so se sapete che ha avuto problemi con la droga... ha lasciato *Proyecto Hombre* da poco».
«Non lo sapevo».
«Che si fotta» dice Ane.
«Non esagerare» dico io.
«Che vuol dire non esagerare? Quello stronzo ha reso le nostre vite impossibili. Non ricordi Ali?».
«Nemmeno la sua vita era facile» dice Saioa. «Suo padre beveva molto e lo picchiava a sangue».
«Anche mio padre beveva e mi picchiava, però io

non andavo in giro a picchiare e insultare la gente».
"Si che lo facevi" penso, ma non dico nulla. Cerco di deviare la conversazione su un terreno più neutro.

«Vivi ancora a Bortiz?».

«Sì, anche se Felix è deciso a trasferirsi a Donosti. Lui è di lì e gli manca molto. Dice che non c'è niente da fare in questo posto».

«Non ha torto» dice Ane.

«Ma con la bambina è più facile vivere qui, avere tutto vicino».

Ricordo il periodo in cui Saioa parlava sempre di lasciare la città, di trasferirsi dove c'erano più possibilità. Suppongo che Bortiz non sia più un luogo pericoloso per lei, che dopo aver trasformato il suo corpo per adattarsi al canone, la violenza che subisce a Bortiz è più sopportabile.

«E poi, con il prezzo che paghiamo qui, non avremmo nemmeno i soldi per un tugurio a Donosti. E voi? Resterete qui?».

«All'inizio, sì» dico.

«Io spero che Ali voglia vivere con me per molto tempo» dice Ane. «Noi *Bichas* andiamo molto d'accordo, vero?».

«La verità è che ho sempre immaginato che sareste finite insieme. A vivere insieme, intendo» dice Saioa.

Poco dopo ci saluta, "devo preparare il necessario per domani". Ci promettiamo di rivederci, anche se sappiamo che molto probabilmente non succederà.

«Allora Jokin» dice Ane non appena Saioa e Nora chiudono la porta.

«Sei proprio una rompicoglioni. Ti ricordo di chi è il fratello?».

«Quindi?».

«Cosa vuol dire *quindi*? Cosa penserà la gente? Non sono passati nemmeno due anni».

«Che importa cosa pensa la gente? Ali, non prendermi per il culo. Siamo abbastanza adulte».

«Per te è facile».

«Per me è facile? Essere una lesbica in questa città di merda? Non aver finito l'università? Mio padre che picchiava mia madre e poi si è ucciso? Facilissimo, sì. Sai che ti dico? Che tua madre almeno ha avuto le palle di chiudere tutto e andarsene senza preoccuparsi di quello che pensavano gli altri».

Mentre finisce la frase, lei stessa si rende conto di essere andata troppo oltre, lo vedo dall'espressione del suo viso.

«Merda, Ali, scusa…» inizia a dire.

Non la lascio finire. Prendo il cellulare e le cuffie ed esco in strada.

Ma tu guarda, sta stronza, vaffanculo. La canzone: *Me gusta ser una zorra* di Las Vulpes. Fantasie di violenza mi scuotono. Immagino di combattere contro Ane, il suo cranio fracassato a terra. Il mio piede le calpesta la faccia. La mia furia si scarica sul suo corpo, il sangue che sgorga, la polvere che si attacca alla sua pelle. Mi immagino urlare, urlare forte con una voce che non è la mia. Ci immagino in un ring di boxe, a tirarci pugni a vicenda. Sembra che Ane sarà la vincitrice fino a quando non le assesto un colpo da maestro, il colpo di grazia. Ane giace incosciente sul pavimento. Immagino di graffiarle la faccia, tirarle i capelli, sputarle addosso, prenderla a pugni nello stomaco, sulle gambe, sulle braccia. «Me gusta ser una zorra, me gusta ser una zorra eeeooo aaah ay, ay, ay, ay, ay, ay, ay, ay, ay, ay, ay, ay, ay. ¡Cabrón!» Lascio correre le fantasie, le lascio adattare al ritmo dei miei passi, al ritmo del mio cuore. La musica mi trasporta, anche quando sono di buon umore: sono una famosa dj, sto ritirando un premio, ora un bell'uomo mi vuole, molti uomini mi vogliono, ora salvo qualcuno da una situazione pericolosa davanti a un pubblico, sono famosa, molte persone mi desiderano. Il resto del tempo, preferisco il silenzio. Mi calmo piano piano[3].

3 La continua esposizione all'ansia traumatica esclude lo spazio di transizione, uccide l'attività simbolica dell'immaginazione creativa e la sostituisce con ciò che Winnicott chiama *fantasia*. La *fantasia* è uno stato dissociato che non è né immaginazione né la vita nella realtà esterna, ma una sorta di impegno malinconico autocalmante; un uso difensivo dell'immaginazione al servizio dell'evasione dall'ansia. [...] Questo esercizio autocalmante equivale a un incantesimo auto-ipnotico, una risacca inconscia di non-differenziazione per sfuggire alla sensazione cosciente. Qui il ritiro nel «sé» sostituisce il duro lavoro necessario per «l'integrità». Non si tratta di una regressione come la pensiamo di solito, al servizio dell'ego, ma di una «regressione maligna». Una regressione che sospende una parte di sé in uno stato ipnotico crepuscolare per assicurare la sua sopravvivenza come essere umano.

Il mondo interiore del trauma (Donald Kalsched, 1996).

XXVI

Entro in casa senza salutare Ane e inizio a preparare l'aperitivo in cucina. Suona il campanello. «Tesoro!» Carmen placa la mia ira con un abbraccio e la sostituisce con il senso di colpa per non averla chiamata per tutto questo tempo, per averla dimenticata. Lei, che si è comportata come una madre, che ha ascoltato i miei pianti, mi ha consolata e accolto in casa sua ogni volta che ne ho avuto bisogno. «Bambina mia! Che bello vederti!». Nessuna traccia di ironia nelle sue parole, nessuna traccia di risentimento. Carmen si è vestita bene per l'occasione: un abito a stampa floreale, orecchini di plastica rossi abbinati al rossetto che le è arrivato fino agli incisivi. Scarpe col tacco basso. Acconciatura da parrucchiere. Gli stessi occhi di Ane, lo sguardo luminoso, pieno di vita. Mi viene da piangere. Vorrei che mi abbracciasse per piangere sul suo petto.

«Amore!» Carmen corre ad abbracciare sua figlia. «Oh, che brutta cera. Come stai?».

«Bene, *ama*. Non ti preoccupare. In meno di una settimana sarò come nuova».

Le lascio in salotto e torno in cucina per occuparmi della cena. Carmen mi raggiunge quasi subito.

«Lascia che ti aiuti».

«Assolutamente no. Tu va a sederti come una regina. Ti porto subito un bicchiere di vino».

«No. Vedrai come prepariamo subito insieme». Testarda come sua figlia. Carmen prepara la *chatka*, apre i panini e li riempie in tempo record.

«Cos'è questa schifezza?» chiede, tenendo in mano il contenitore dell'hummus.

«Hummus. È una crema di…».

«So cos'è l'hummus. Perché l'avete comprato già pronto? Si prepara in un attimo! Hai dei ceci in scatola?».

«No…».

Carmen mi guarda delusa.

«Bene, la prossima volta fammelo sapere e lo porto io fatto in casa».

Apro una bottiglia di vino rosso e ne verso due bicchieri.

«A noi».

«A noi».

Brindiamo.

«Come stai, bambina mia?».

«Bene, molto meglio. Piano piano, sai. Tu come stai?».

«Be', che ti devo dire. Non vedo l'ora di andare in pensione, figlia mia».

«Un paio di giorni fa ha chiamato mia madre». Le parole escono prima che io possa trattenerle. Carmen mi guarda e scuote la testa, facendomi capire che è confusa. «Mia madre, Cristina, ha chiamato qui, a casa».

Carmen si copre la bocca.

«Cosa mi stai dicendo?».

«Io non c'ero. Ane ha risposto al telefono. Cristina ha chiesto il mio numero di cellulare ma Ane non gliel'ha dato. Meno male». "Cosa devo fare, Carmen, dimmi cosa devo fare".

«Oh, mamma, e cosa farai?».

«Non lo so. Tu cosa faresti?».

Carmen si ferma a pensare. Beve un sorso dal suo bicchiere.

«Oh, non lo so, bambina… Com'è difficile… Penso che le parlerei. Sarei molto curiosa, credo. Ma non lo so, tesoro. Questo devi vederlo tu».

«Non merita che le parli».

«Tuo padre che dice?».

«Mio padre è andato su tutte le furie. Non vuole che la veda».

«Oh, non lo so. Mi piace pensare che tutti meritiamo una seconda possibilità».

«Già. Non lo so. Ci penserò».

Rimaniamo in silenzio. Beviamo dai nostri bicchieri.

«In cos'altro posso aiutarti?».

«Niente, vai in salotto con tua figlia».

«Ma…».

«Per favore».

«Bene, okay. Ma se hai bisogno di qualcosa, fammelo sapere, eh?».

«Sì, non preoccuparti».

Le sento bisbigliare. «Cristina… Madre mia… Già… Molto forte… Non so cosa farei…». Forse approfitterò del fatto che devo tagliare le cipolle per piangere davvero, per scaricarmi. No, non esiste. *Vai avanti*, come direbbe Carmen. *Vai avanti* sempre. Mirari arriva poco dopo.

«Ali, amore, come stai?» mi abbraccia, il suo profumo si diffonde nelle mie narici e mi arriva fino al cervello. Ha i capelli castani raccolti in una coda di cavallo, jeans attillati e una camicia bianca stretta che mette in evidenza il suo corpo abbronzato e le sue tette perfette. Nonostante abbia dieci anni più di me, Mirari ha un corpo che io non avrò mai.

«Bene, insomma, tiro a campare. Tu?».

«Sei dimagrita. Sto bene. Ho voglia di mandare al diavolo la rivista. Niente di nuovo». È da quando ci siamo conosciute che sento dire che vuole mandare al diavolo la rivista. Non lo farà. Lo sa lei, lo so io, lo sanno tutti. Poco dopo arrivano Uxue e Oihana, insieme. Uxue con una bottiglia di vino, Oihana con una bottiglia di gin, molto allegre e con molta voglia di uscire.

(Oihana: suo padre è un alto funzionario del Partito Nazionalista Basco e lei presenta *Teleberri*. Che le due cose sono collegate, lo sa lei, lo so io, lo sanno tutti. Uno dei suoi soprannomi all'università era *la figa elettrica*. Uxue: un cervello brillante, riservata. Lavora come freelance per vari media e viaggia ogni volta che può). Lascio riposare il composto di patate e uova. Oihana, Uxue e io portiamo il resto della cena in salotto, facciamo le presentazioni. "Si può fumare?", "Abbiamo bisogno di altri bicchieri". "Chi vuole altro vino?", "Mettiamo un po' di musica?", "Come hai detto che ti chiami?". Vado a finire di preparare la frittata.

«Manca Ibai» dice Ane.

«Abbiamo detto le otto e sono quasi le nove. Iniziamo senza Ibai» rispondo senza guardarla. Proprio in quel momento suona il campanello. Ibai entra e si scusa, dice che ha avuto una notte molto lunga e si è addormentato, ci racconterà dopo. Bacia tutti due volte.

«Sei venuto a mani vuote o cosa?» gli chiede Ane.

«Cazzo, non ho avuto tempo, scusa». Quando Carmen non vede, Ibai guarda di nuovo Ane e con l'indice si dà due colpetti su un lato del naso. Oihana inizia subito a parlare con Ibai, annuendo a tutto quello che dice e ridendo in continuazione. Mi siedo accanto a Carmen.

«Carmen, raccontami, è da tempo che non ci vediamo».

«Non c'è molto da dire. Quello che ti ho detto prima, non vedo l'ora di andare in pensione. Proprio come tuo padre, immagino, no?».

«Sì».

«Come sta?».

«Come al solito. Serio, fa le sue cose, senza disturbare nessuno».

«Oh, che brav'uomo! E non è venuto?».

Ane, che ha ascoltato, alza le sopracciglia e sorride. Mi piacerebbe che mio padre e Carmen avessero una relazione, ma dubito che mio padre abbia interesse a farsi coinvolgere in storie d'amore.

«No. È una noia. Vado ad aprire un'altra bottiglia di vino. Torno subito».

Ibai arriva mentre stappo la bottiglia.

«La tua amica non vede che sono gay?».

«Certo che lo vede. E benissimo! È proprio quello che vuole, un amico gay».

«Oh, che palle. Siamo nel 2018, basta con le etero che vogliono un amico gay come se fosse una borsetta. Fanculo a tutte voi, stronze». Ibai mi bacia sulla guancia e si porta la bottiglia che ho appena aperto. In salotto, Mirari sta raccontando il suo divorzio: «... una liberazione. Entro ed esco quando voglio, non lavo le mutande di nessuno, non ho un maiale che russa accanto a me ogni notte... Vi consiglio di sposarvi, la vita è breve e i matrimoni sono molto divertenti, ma poi divorziate e vedrete che meraviglia».

«Be', a me a volte manca dormire con un uomo» dice Carmen.

«Oh sì, certo, dormire sì, ma poi ognuno a casa sua. Che se le lavi da solo le mutande».

Carmen ride.

«Sissignora. Hai proprio ragione».

«Parlando di andare a letto con gli uomini. Oggi sono l'unico invitato o cosa? Non mi avete portato nemmeno un bel manzo?» chiede Ibai.

«Nemmeno uno» risponde Ane.

Ibai fa una faccia infastidita.

«Usciremo più tardi a cercare qualche bel manzo» dice Oihana, ammiccando a Ibai.

«Che palle!» dice Uxue.

«Come che palle? Dai bella, non puoi perderti un bel cazzo» dice Oihana.

Le bottiglie si svuotano, la conversazione diventa sempre più vivace. Carmen è la prima ad andarsene:

«Bene gioventù, vi lascio alle vostre cose. Ci sentiamo presto, ragazze». Non appena chiude la porta, Ane inizia a flirtare con Uxue senza vergogna. Si siede accanto a lei e la isola dalla conversazione generale. "Non ha niente da fare", penso. Uxue risponde in modo educato, lascia che Ane porti il peso della conversazione. Riesco a malapena a sentire quello che stanno dicendo perché le voci degli altri hanno aumentato il volume in modo notevole.

Clic clac. Otto entra nel soggiorno, fradicio.

«Sta piovendo a dirotto. Ehi!» saluta con un cenno della testa e un sorriso.

«Vado a cambiarmi. Torno subito».

«E quel re moro?» chiede Ibai.

«Un amico» rispondo.

«Bello il tuo amico» dice Mirari.

«Ha la faccia da *eterissimo.* È etero, vero?» dice Ibai.

«Sì» rispondo.

«Che spreco».

«È single?» chiede Oihana.

«Come se gliene fregasse qualcosa se è single o meno» ride Mirari.

Otto torna in salotto mentre si asciuga i capelli con un asciugamano. Si è messo un paio di pantaloncini e una maglietta che gli sta un po' stretta. Oihana si aggiusta la frangia con nonchalance, Mirari si toglie immaginari granelli di polvere dalla camicia, Ibai raddrizza la schiena. L'atmosfera cambia. Otto si presenta e si scusa per non essere arrivato prima, spiega che ha incontrato un amico.

«E il tuo amico è bello come te?» dice Mirari e gli sorride civettuola. Otto ride.

«Molto più bello di me» risponde.

«È etero?» chiede Ibai.

«No».

«E dov'è?!».

«A casa, con il suo ragazzo».

«Che fissazione questa dei fidanzati».

Oihana e Mirari iniziano a competere per l'attenzione di Otto. Oihana comincia a fare battute, smorfie, a parlare a voce alta. Mirari gioca il ruolo della seduttrice tranquilla: abbassa la voce, costringendo Otto ad avvicinarsi a lei, lo ascolta con gli occhi spalancati, annuisce, si rivolge a lui con voce profonda. Nessuno di loro cambia registro quando parla con me o con Ibai. *The show must go on*. Ane e Uxue sono ancora assorte nelle loro cose, ignare della *performance* che si sta svolgendo. Vi incoraggio a fare un esperimento: riunite un gruppo di amiche eterosessuali a una certa ora. Quando è passato un po' di tempo (un'ora, due) chiamate uno o due amici eterosessuali – che siano belli o meno è irrilevante, anche se la cosa diventa ancora più istrionica se sono belli – e chiedete loro di unirsi a voi. Osservate i cambiamenti nelle vostre amiche: osservate con attenzione il loro linguaggio del corpo, il tono delle loro voci, con chi parlano di più, chi ascoltano di più. La teatralità che mettono in scena per far sì che gli uomini le approvino. Lo so perché io stessa lo faccio.

«Ibai, prepari i gin tonic? Il gin è sul bancone della

cucina, la tonica e il limone nel frigo. Intanto mi preparo» dico.

«Fatto».

Mirari ha ragione. Sono dimagrita. Ricordo un vestito nero che non metto da anni perché non mi stava. Frugo nell'armadio finché non lo trovo. Mi sta perfettamente. Corto, ma non troppo, e con una bella scollatura rotonda. Lo abbino ai tacchi e a un paio di orecchini a cerchio dorati. Labbra rosse e occhi naturali o smoky eyes e labbra naturali? Scelgo la prima, così do un tocco di colore all'insieme. Mi pettino i riccioli con le dita: penserà che sono bella? E cosa penseranno le ragazze? Noi donne non *performiamo* solo per gli uomini.

In soggiorno, Ibai tiene un sacchetto di cocaina tra le dita e lo agita come se fosse una campanella. Prepara le strisce sul tavolo, una più spessa e lunga delle altre. «Chi divide si prende la parte migliore» dice prima di chinarsi e sniffare la striscia più grossa con l'aiuto di una banconota arrotolata che gli ha preparato Ane. Ane, Uxue e io lo imitiamo. Gli altri ci guardano in silenzio.

«Be', eccoci qui» dice Ibai.

«Anch'io mi tiro su» dice Oihana. Credo perché non vuole sembrare una puritana e perché so in prima persona che le piace la coca più di qualsiasi altra cosa. Ibai le prepara una striscia, «no, no, la metà» mentre il resto di noi sorseggia i gin tonic. Mirari approfitta del fatto che Oihana è impegnata a sniffare per prendersi Otto. Mi siedo accanto a Ibai senza staccare gli occhi da Mirari.

«Grazie» dico.

«Non è niente, ragazza. Voi donne etero siete fortissime» dice, abbassando la voce.

«Perché?».

«Per i coltelli che stanno volando nella stanza in questo momento». Ride. «Ti piace, vero?».

«Sì».

«Già. Avresti dovuto parlarcene prima».

«Non avrebbe fatto differenza, credimi».

«Vedo, vedo».

Mirari è praticamente sopra Otto. Ibai si alza e batte le mani due volte.

«Bene, ragazze! Ci accampiamo o cosa?».

«Tu vieni» dice Mirari con un sorriso a Otto.

«Va bene, per un po'» dice Otto. Oihana li guarda cercando di nascondere il fastidio. Sta perdendo terreno. Io sono sempre più incazzata. Otto mi guarda e mi fa l'occhiolino. Ora meno. Peccato che Mirari non l'abbia visto. Ha smesso di piovere, ma è una notte fredda.

«Oh, che freddo» dice Mirari a Otto.

«Prendi il mio maglione». Otto se lo toglie e glielo dà.

Non so che faccia devo aver fatto, ma Ibai mi afferra il braccio e mi sussurra: «Sss, calmati, bestia». Io e Ibai guidiamo il gruppo, seguiti da Ane, Uxue e Oihana. Otto e Mirari sono rimasti indietro. Ibai ci porta in un bar del centro, un locale che deve esistere da prima che nascessimo. «È così misero che è una figata».

Ane, Uxue e Oihana ballano insieme, ogni tanto Oihana lancia sguardi a Otto e Mirari, che sono al bar a parlare. Prendo Ibai per mano e lo faccio girare, lui fa lo stesso, lascio che mi guidi. Mirari afferra Otto per mano e lo trascina il più lontano possibile da noi, dandogli le spalle e strofinandogli il pacco con il culo. Mi sforzo di non guardare. Vado al bar e ordino shot per tutti tranne che per Otto e Mirari, che non fanno più parte del gruppo. Ho bisogno di sedare la rabbia che mi scuote, voglio pensare che sia l'effetto della coca anche se so che non lo è. "Puttana, puttana, puttana, puttana. Sei una puttana. Sei una puttana e sei vecchia e patetica e non hai niente a che fare con Otto, è fuori dalla tua portata, non importa quanto ridicolo e seducente sia il tuo atteggiamento". Il liquore mi brucia in gola, penso che sto per vomitare. Una mano sulla mia vita. Otto:

«Balli?».

«No. Balla con Mirari».

Prendo le mie cose e vado a casa, con il cuore che batte all'impazzata. Immagino il collo di Mirari che si spezza tra le mie mani, i suoi occhi lividi per i miei pugni. Immagino Otto e Mirari che scopano. Otto che le dice che in realtà io non gli piaccio, che lei è molto meglio. Le mie dita che affondano nelle cavità oculari di Mirari, lui le afferra i capelli mentre la monta, lei che geme, io che afferro i suoi capelli e la butto contro un muro, Mirari che fa un pompino a Otto, Otto che lecca Mirari, io che li sgozzo entrambi. Mi rigiro nel letto, torturata dalle immagini che non fanno parte di me, mi invadono senza che io possa fare nulla per allontanarle. Mi alzo, bevo acqua dal rubinetto del bagno.

Lo specchio mi restituisce la mia immagine, le pupille dilatate. Sono bella. Sono più bella. Sono più bella di Mirari. Torno a letto.

XXVII

Non c'è nessuno in casa. Otto e Ane hanno i cellulari spenti. Sto per chiamare mio padre, mi trattengo. Non voglio che mi veda così. Non posso restare qui, chiusa tra queste mura, ma fuori la pioggia non molla, cade su Bortiz come una coperta implacabile. Faccio una doccia veloce, preparo il caffè e i toast. Mi sforzo di essere una persona.

Comincio con le librerie: tolgo tutti i libri, spruzzo i ripiani con lo spray per spolverare e li pulisco. Ripeto. Mi diverte sfogliare le pagine, sia di quelli nuovi sia di quelli che ho già letto. Mirari e Otto sono personaggi di fantasia a me estranei. Ripongo con cura i volumi in quello che mi sembra l'ordine più logico. Fantastico di vivere da sola, senza Ane, senza Otto. Una stanza tutta per me. Una stanza che non appartiene agli Otamendi, per andare lontano, per ricominciare da zero, per scrivere. Scomparire. La fantasia passa dal mio cervello al mio cuore, palpita, mi riempie di qualcosa che somiglia alla gioia. Spezzo le catene della rabbia. Continuo a pulire. Indosso un abito lungo e vaporoso che trascino un po', i capelli in uno chignon basso e disfatto, orecchini pendenti. Sono a piedi nudi. Scrivo in una casa sul mare, in un posto dove splende sempre il sole e il sale marino si attacca alla mia pelle. Gli abitanti del paese sono amichevoli e mi salutano quando passo. Compro verdura e frutta fresca nella piazza del paese, pesce direttamente dai pescatori. Una donna mi porta pane, latte fresco e burro. I fiori crescono in ogni angolo, il loro profumo mescolato alla brezza marina passa sotto il mio vestito e accarezza le mie cosce e sale... Mi masturbo sdraiata sul pavimento, il panno per la polvere e lo spray da una parte, i libri dall'altra. *Clic clac.* Salto in piedi, Otto entra dopo aver scosso l'ombrello all'ingresso.

«Buongiorno» dice. Non rispondo, continuo a spolverare. Va in cucina, lo sento armeggiare. Finisco di sistemare la libreria e inizio il tavolo del soggiorno. Otto torna con in mano un vassoio carico di caffè e un paio di cornetti.

«Sono andato a prendere dei croissant».

«Ho già fatto colazione» dico senza guardarlo e senza smettere di pulire.

«Alicia».

«Cosa».

«Che succede?».

«Niente, è solo che forse hai sbagliato destinataria. Forse avresti dovuto portarli a Mirari».

Otto sospira.

«Che dici?».

«Quello che senti».

«Alicia, non è successo niente tra me e Mirari. L'ho accompagnata a casa e poi sono venuto qui. Ho dormito accanto a te tutta la notte fino a poco fa, sono andato a prendere i cornetti per fare colazione insieme». Non rispondo.

«Alicia. Guardami, per favore».

«Sono molto occupata».

Otto prende il vassoio. Ho voglia di piangere, perché è in questo che muta la rabbia, è in questo che è sempre mutata: una malinconia straziante che mi trascina a terra e mi lascia immobile, inutile. Sono stanca, imbarazzata, triste. Stanca-imbarazzata-triste. Lo stato in cui transito di più, tre in uno. Otto beve il caffè e guarda il suo cellulare seduto al tavolo della cucina. Mi avvicino dietro di lui e gli bacio la nuca.

«Mi perdoni?» gli sussurro all'orecchio. Si gira e mi bacia. Mi metto a cavalcioni su di lui. Ciao ciao stanca-imbarazzata-triste. Benvenuta arrapata. *Clic clac.*

«C'è qualcuno?» grida Ane.

«Sì, siamo qui» rispondo.

Ane entra in cucina con un sorriso da un orecchio all'altro.

«Sono venuta a prendere i soldi. Be', in realtà volevo vedere se c'eravate per salire con Uxue, ma visto che siete qui, prendo i soldi e facciamo colazione qui intorno».

«Perché non fate colazione qui?».

«Uxue è a disagio».

«La mette a disagio fare colazione?».

«No… è in imbarazzo perché sapete che l'abbiamo fatto».

«Ma dai, che scema». Cerco di sembrare indifferente, ma la verità è che non avevo idea che anche a Uxue piacessero le donne.

«Sì, è quello che le ho detto, ma la imbarazza. Be', voi fate le vostre cose. Ci vediamo stasera. Oppure no. Spero di no». Ane saltella fuori dalla porta.

«Anche a te mette a disagio?» mi chiede Otto.

«Cosa?».

«Che si sappia che scopiamo».

«*Disagio* non è il termine giusto».

«E qual è il termine giusto?». *Vergogna* e *colpa*, *disagio* è una versione troppo ridotta.

«Non lo so. Ho paura di essere giudicata».

«Da chi?».

«Non lo so. Le mie amiche, i tuoi genitori, mio padre, la gente del paese».

«Se ti giudicano, non sono tue amiche. I nostri genitori se ne faranno una ragione e al resto della gente non importa».

«Hai ragione».

Otto mi fa mettere di spalle, mi abbassa i pantaloni del pigiama e mi scopa, afferrandomi la nuca. Appoggio le mani sul tavolo, inarco la schiena. Sono rivolta verso la finestra e vedo alcuni passanti: un uomo con un cane, una donna con una borsa da cui spunta un pezzo di pane, un gruppo di ragazzi adolescenti che gridano e ridono, due ragazze che tornano a casa a braccetto, gli sguardi incollati a terra. Il gruppo di ragazzi le vede e gli grida qualcosa che non riesco a capire. Le ragazze affrettano il passo. Otto viene.

XXVIII

«Stai alla larga».

Avevo appena comprato il mio primo rossetto rosso e volevo approfittare della cena di fine anno per fare una dichiarazione di intenti: sono adulta, sto con il ragazzo più bello della scuola, se lui mi vede, dovreste farlo anche voi.

Ane non è venuta. «Perché dovrei voler cenare con persone che non sopporto». Siamo usciti dalla sidreria ubriachi. Io mi tenevo al braccio di Martín, incapace di ignorare il fatto che aveva parlato con Eli per tutta la cena e mi aveva a malapena rivolto la parola.

Al bar mi sono avvicinata a Saioa e le ho chiesto dei suoi piani per il futuro, fingendo di ascoltare mentre osservavo Martín ed Eli con la coda dell'occhio. Tre giri di shot dopo sono dovuta andare in bagno e, quando sono tornata, ho visto Eli che gli sussurrava qualcosa all'orecchio, così vicino che le sue tette lo sfioravano.

«Stai alla larga».

Martín ed Eli sono rimasti a fissarmi, perplessi. Eli si è lasciata sfuggire una risatina sprezzante e si è unita al resto delle ragazze della classe. Non riuscivo a sentirla, ma ho immaginato che stesse raccontando quello che era appena successo, perché tutti mi stavano guardando. Martín è uscito dal bar e io l'ho seguito.

«Sei pazza o che?».

«Hai flirtato con lei tutta la sera».

«Sei pazza».

Ha iniziato a camminare e io l'ho seguito.

«Lasciami in pace. Voglio stare da solo».

«Voglio parlare. È tutta la sera che a stento mi guardi e stai con Eli».

«Non rompermi le palle, Alicia. Stavamo solo parlando. Scusami se non ti corro dietro tutto il cazzo di giorno. Sei un'egocentrica e una paranoica. È normale che solo Ane ti sopporti».

Lo lascio andare, lascio marcire le parole nella mia bocca. "Bastardo, coglione, porco". Prima di entrare in casa, ho dato un calcio a un bidone dei rifiuti e mi sono sentita ridicola.

Ho cercato di non fare troppo rumore mentre vomitavo tutto l'alcol che avevo ingerito quella notte.

Il giorno dopo ho finto di essere malata e mio padre ha finto di credermi. Ho passato tutta la mattina sotto il piumone a fissare il cellulare in attesa che Martín mi chiamasse. La verità è che Martín era un seduttore nato. Dava sempre l'impressione che stesse flirtando, a prescindere da chi fosse il suo interlocutore. Forse aveva ragione, era tutta una mia immaginazione. Forse ero una gelosa patologica accecata dalla paura di perderlo. L'ho chiamato a mezzogiorno.

«Mi dispiace».

«Va tutto bene. La prossima volta però cerca di controllarti».

«Ci vediamo?».

«Non lo so, Alicia. Ho bisogno di stare da solo».

«Mi ami ancora?».

«Ho bisogno di stare da solo. Ti chiamo stasera, okay?».

Mi ha chiamato il giorno dopo. A quel punto ero sicura che mi avrebbe lasciato.

«Hai detto che mi avresti chiamato ieri sera».

«Mi dispiace, l'ho dimenticato».

«Ho aspettato».

«Alicia, non mi soffocare».

«Mi dispiace»[4].

4 Il *gaslighting* è una forma di abuso psicologico che consiste nel presentare un'informazione falsa per far dubitare la vittima della sua memoria, percezione o sanità mentale. Può consistere in semplici negazioni da parte dell'abusante sul fatto che certi eventi si siano verificati o meno, o anche nella messa in scena di situazioni bizzarre per disorientare la vittima.

XXIX

Ane entra in casa nel momento in cui io e Otto iniziamo a cenare.

«Che profumino!».

Scopre la pentola e avvicina il viso per odorare.

«Mmh… Posso mangiare quello che è avanzato?».

«Certo» dice Otto.

Ane si serve un piatto e si siede accanto a me.

«Come va con Uxue?» chiedo.

«Molto bene. Molto, molto bene!» Ane sorride senza togliere gli occhi dal piatto.

«Non ci dirai nient'altro?».

Ane sospira. Ha il viso arrossato, gli occhi luminosi.

«Ho paura. Questa ragazza mi piace molto. Ma molto, molto. Perché non me l'hai presentata prima?».

«Non sapevo che le piacessero le ragazze».

«Be', non lo sapeva nemmeno lei fino a ieri, figurati. Dicono sempre la stessa cosa: "Non lo facevo così da molto tempo"».

«Sono contenta. Era ora».

«Sì. In più è intelligentissima. È interessata a tutto, è super sveglia».

«Sì, Uxue è una ragazza molto forte. Avete deciso di rivedervi?».

«Non ancora, non voglio soffocarla. Ma sì, se fosse per me, la rivedrei subito. Mi ha detto che domani si alza presto e non vuole andare a letto tardi. Anche a me non dispiace andare a letto presto, ho molto da fare».

«Cosa devi fare?».

«Lavoro. Mikel mi ha chiamato e mi ha offerto duecento euro in più. Ho detto di sì. È sempre una merda, ma va bene. È meglio di niente. Finché questo ragazzo» indica Otto «e io non allestiamo il nostro bar... Hai visto altri locali?».

«Sì, ma è tutto troppo caro. Dobbiamo aspettare che i prezzi scendano».

«E pensi che scenderanno? Credo che sarà sempre peggio».

«Scenderanno. A un certo punto devono per forza».

«Be', se si deve aspettare, si aspetta. Queste cose migliorano con il tempo».

Finiamo di cenare e mentre Ane lava i piatti, io e Otto decidiamo quale film guarderemo stasera. Scelgo *Thirteen* di Catherine Hardwicke, il film che più piaceva a me e ad Ane quando eravamo adolescenti e quello che abbiamo visto più volte. Otto non l'ha mai visto.

«Non ti dispiace guardarlo di nuovo?».

«Certo che no».

Aspettiamo che Ane finisca e premiamo *play*. Squilla il telefono. Salto dal divano.

«Non rispondete! Chi l'ha collegato di nuovo?» chiedo.

«Io, l'ho visto stamattina e l'ho ricollegato» dice Otto.

«Allora non rispondere e non collegarlo più. Se qualcuno vuole qualcosa, che ci chiami sul cellulare, è per questo che ce l'abbiamo». Stacco il telefono e premo *play*. Il film diventa il sottofondo musicale dei miei pensieri.

Perché te ne sei andata? Perché non hai detto niente? Mi hai mai amata? Chi sei?

XXX

L'estate in cui se n'è andata, Cristina era stata particolarmente affettuosa. Invece di affittare un appartamento in Costa Brava, come facevamo sempre e dove mi annoiavo già al terzo giorno, mi ha portato a Londra. Mio padre doveva lavorare e non poteva accompagnarci. Io ero nervosa e felice di poter passare tanto tempo con lei, che mi facesse vedere quella città in cui non ero mai stata. Era il mio primo viaggio in aereo e mia madre voleva andarsene con me per qualche giorno. Solo con me.

Londra ci ha accolto con una pioggerellina sottile che è durata fino al giorno dopo. Cristina mi ha guidato da un posto all'altro con entusiasmo e mi ha fatto tante domande sulla mia vita. Mi ha raccontato cose sulla città, sulla sua prima volta lì, su quanto l'avesse colpita, sulla Londra degli anni Settanta e sulle differenze con la Spagna di allora. Nonostante il suo entusiasmo, ho notato che era nervosa. All'improvviso voleva fare la madre ma non sapeva bene come. Mi ha comprato un sacco di vestiti, ha assecondato ogni mio capriccio, siamo andate a vedere un musical, abbiamo mangiato tutte le schifezze che mi venivano in mente, abbiamo camminato a braccetto come due care amiche. Ho pensato che forse non era brava con i bambini, ma adesso che io non lo ero più, avremmo potuto avere un altro tipo di rapporto. Avrebbe potuto amarmi da adulta come non mi aveva amato da bambina.

L'ultima notte siamo tornate presto in hotel. Il nostro aereo partiva all'alba, io avrei iniziato la scuola dopo un paio di giorni ed eravamo esauste dopo aver passato la giornata tra un mercatino e l'altro.

«Oggi festeggiamo e ordiniamo il servizio in camera» ha annunciato mia madre. La cena consisteva in panini disgustosi che ho divorato con fame mentre guardavamo la TV. Prima di addormentarmi, Cristina mi ha chiesto se mi fossi divertita.

«Molto. Non voglio tornare». Avevo paura che l'incantesimo si spezzasse, che mia madre mi avrebbe ignorato di nuovo, che saremmo tornate alle vecchie abitudini.

Mi sono svegliata nel mezzo della notte. Mia madre mi aveva coperto, ma non era nel suo letto. Sono andata nel panico. Volevo correre a cercarla, ma non sapevo dove andare. Sono scesa alla reception dell'hotel e la receptionist mi ha detto che l'aveva vista uscire un paio d'ore prima. La sua valigia era ancora nella stanza. L'ho aperta e dentro c'erano tutte le sue cose. Ho cercato un biglietto, una spiegazione, ma non ho trovato nulla. Ho iniziato a singhiozzare, mi sono sentita stupida, ho cercato di consolarmi pensando che, se la sua valigia era ancora lì, era perché lei sarebbe tornata. È rientrata dopo un paio d'ore con gli occhi rossi dal pianto e puzzava di alcol.

«Perdonami, Alicia, figlia mia. Non volevo spaventarti».

«Dove sei stata?».

«Mi sentivo male e sono andata a fare una passeggiata».

«Che ti è successo?».

Non ha risposto. Mi abbracciava tra i singhiozzi e ripeteva: «Perdonami, perdonami, perdonami...».

Il giorno dopo ha parlato a malapena durante il viaggio di ritorno. Si è messa un paio di occhiali da sole, mi ha detto che aveva mal di testa, che aveva bisogno di riposare. Addio alla Cristina divertente e affettuosa di questi ultimi giorni. Mio padre è venuto a prenderci all'aeroporto. Gli ho raccontato tutti i dettagli del nostro viaggio mentre mia madre dormiva con la testa appoggiata al finestrino della macchina. Quando siamo arrivati a casa, Cristina si è messa a letto anche se non era ancora mezzogiorno. Sono andata nella sua stanza, volevo occuparmi di lei, esserle utile, ma l'ho trovata addormentata. Mio padre mi ha detto che sarebbe stato meglio lasciarla riposare e mi ha portato al cinema. Ho comprato delle gelatine per Cristina, le sue preferite. Non sono mai riuscita a dargliele perché quando sono tornata a casa mia madre non c'era più e non c'era nemmeno la sua valigia.

XXXI

Ane non uscirà dal lavoro prima delle undici e stiamo preparando un piano per far sì che Uxue sia qui quando torna. Otto è andato a portare il curriculum nelle poche gallerie d'arte e musei che ci sono in zona. Anche lui ha bisogno di un lavoro finché non realizza il progetto del caffè-libreria.

«Ali, mi dispiace, ma farò tardi. Devo finire un reportage per domani e sono incasinatissima. Hanno aperto una nuova caffetteria in centro. Se mi dai un'altra ora, ti offro qualcosa».

Decido di fare una passeggiata in centro. Dopo un lungo inverno, gli alberi cominciano a riempirsi di foglie, presto fioriranno, alcuni daranno frutti che finiranno nelle mani dei passanti. Per la prima volta dopo tanto tempo guardo le cose che mi circondano: la gente, le macchine, gli edifici, i negozi, l'asfalto, l'erba, i lampioni. Mi sento parte di tutto questo. Mi concentro sul suono dei miei passi, sulla sensazione delle gambe mentre cammino, sul mio respiro, che non si blocca più nel petto, ma scende fino allo stomaco. *Vai avanti. Vai* sempre *avanti.*

La caffetteria è grande e affollata. È proprio come

tutti i caffè moderni: legno chiaro, pareti bianche decorate con dipinti di qualche artista locale, tavoli, sedie e tazze diverse l'una dall'altra. Un tentativo di differenziarlo dagli altri caffè che sono decorati allo stesso modo e hanno tavoli, sedie e tazze diversi l'una dall'altra.

Uxue è già lì, seduta a un tavolo nell'angolo più lontano. Indossa le cuffie e scrive in modo frenetico sul suo portatile, ignara del trambusto che la circonda. Ha i capelli raccolti in uno chignon disordinato e gli occhiali appoggiati sul ponte del naso. Non mi vede finché non sono praticamente accanto a lei.

«Ali, scusami…» si alza e mi abbraccia. «Cosa vuoi da bere? Offro io, eh».

«Un caffè con ghiaccio».

«Non vuoi niente da mangiare?».

«Per il momento no».

«Hanno delle tortine di riso buone da morire. Ne ordino una così la provi».

Uxue torna al tavolo con i caffè e un piatto pieno di pasticcini.

«La proprietaria mi ha detto che dovevo provare la torta basca. È la specialità della casa, mi ha dato anche un muffin. O un *cupcake*, come ha detto lei».

La tortina di riso e la torta basca sembrano molto buone. Il *cupcake* non è altro che un muffin con un rivestimento di un blu brillante in cima che sembra tutt'altro che commestibile. Uxue mangia in un solo boccone la metà della tortina di riso e mi offre l'altra metà.

Mi guardo intorno. Una cosa è uscire di notte, al

buio e con l'alcol e le droghe che scorrono nel mio corpo e non curarmene, un'altra è essere in un caffè nel centro di Bortiz. Qui corro il rischio di imbattermi in qualcuno che non voglio incontrare.

«Stai bene?» mi chiede Uxue.

«Sì, è solo che non voglio incontrare nessuno. Sai, la gente mi chiede di Martín e mi guarda con pietà. Non lo sopporto».

«Già... Be', dai tranquilla. Se qualcuno ti si avvicina e ti dà noia, me ne occupo io. Bene, cominciamo: non ti iscrivere all'albo finché non avrai qualcosa di fisso ogni mese. Devi avere abbastanza cose da fare per cui valga la pena pagare le tasse. Hai pensato di tornare alla rivista?».

«No, non voglio tornare. Prima di Martín già ero stufa di scrivere di diete, di moda e di come piacere agli uomini». Non voglio neanche lavorare con Mirari o rivederla, ma non dico nulla.

«E di cosa vorresti scrivere?».

«Non lo so. Non ci ho pensato».

Questa è una mezza verità. Da quando Martín è morto, mi sono allontanata dal mondo. Non so cosa stia succedendo, non m'importa della situazione politica, non ho letto quasi nulla. Non ho avuto spazio per nessun altro dolore, solo il mio. Ogni volta che ho pensato a cosa scrivere, mi sono sentita stupida, sconnessa, senza niente da dire.

«Che ne dici di iniziare a scrivere recensioni di film e serie tv? Per quanto ti piaccia il cinema, penso che saresti brava».

«Non lo so… Tu credi? Non ci ho mai provato».
«Finché non ci provi, non lo saprai».
«Hai ragione. Grazie. Mi hai aiutata molto».
«Ma se non ho fatto niente!».
«Certo che l'hai fatto! Dobbiamo festeggiare, vuoi venire a casa per cena?».
«Mi piacerebbe, ma devo finire questa cosa» dice indicando il suo portatile.
«Puoi finirlo a casa. Nella mia stanza c'è una scrivania che nessuno usa. Io, nel frattempo, preparerò la cena. Nessuno ti disturberà».
«Va bene, dai. E Ane? Ci sarà anche lei?».
«Stacca alle undici. A proposito, come va con lei?».
«Be', non lo so… Non l'ho più vista da quella notte. Mi ha chiesto di vederci un paio di volte, ma tra il mio carico di lavoro e il resto… non siamo riuscite a organizzarci».
«Ti piace?».
«Sì, ma ho paura».
Uxue rimane in silenzio. Prendo un sorso del mio caffè e aspetto che continui a parlare. Nel corso degli anni ho scoperto che le persone danno risposte migliori quando le si lascia parlare piuttosto che quando si fanno domande.
«Non ero mai stata con una donna prima e mi è piaciuto molto. Non solo il sesso, Ane mi è piaciuta molto, ma… non lo so, mi fa paura, non so come comportarmi».
«Anche tu le piaci molto. Se scopre che te l'ho detto mi uccide, ma è così. Comportati in modo normale. Se vuoi vederla, chiamala. Sarà contenta».

«Alicia».

Sento una mano sulla mia spalla. Gli stessi occhi, i miei stessi occhi solo incorniciati dalle rughe.

«No!» salto in piedi e corro fuori dalla caffetteria. Aria, aria. Ane, Ane. Corro fino al Tximista. Ane sta asciugando i bicchieri mentre parla con Carmen che è seduta su uno sgabello dall'altra parte del bancone.

«Che ci fai qui?» dice Ane. «Che succede, Ali?».

«Ho visto Cristina».

Ane esce dal bancone e mi abbraccia. Scoppio a piangere. Carmen mi abbraccia da dietro e restiamo così per un po' finché non mi calmo e spiego quello che è appena successo.

«Cosa vuoi che facciamo, tesoro?» chiede Carmen.

«Non lo so».

«Vuoi venire a casa con me? Finché non ti calmi».

Il mio cellulare vibra nella borsa. Uxue.

«Dove sei?».

«È ancora lì?».

«No. Se n'è andata. Dove sei?».

«Al Tximista».

«Arrivo».

Carmen mi offre uno sgabello mentre Ane mi prepara una tisana.

«Hai intenzione di servirmi entro oggi? E che cazzo!» dice un tipo appoggiato all'angolo del bancone.

«Ti servirò quando potrò» risponde Ane.

«Sono quasi venti minuti che aspetto, mi sto cagando il cazzo».

«Bene, caga meno il cazzo e vai in un altro bar».

«Dirò a Mikel del trattamento che danno le sue cameriere. Sarà molto contento».

«Contentissimo. Ora sono io la responsabile. Forza, vattene a fanculo».

Il tipo esce dal bar borbottando e si scontra con Uxue, che arriva di corsa e mi abbraccia.

«Che ti ha detto?».

«Che era tua madre e che voleva parlarti. "Alicia è mia figlia. Voglio solo parlarle". Se n'è andata piangendo».

«Questo è tutto?».

«Questo è tutto».

Alicia è mia figlia, che cogliona. Non ha mai fatto la madre in vita sua. Ora si presenta e all'improvviso sono sua figlia.

La rabbia mi sale nello stomaco. Voglio picchiare Cristina, urlarle che non è mia madre, che le madri si prendono cura delle loro figlie, che non spariscono un bel giorno senza lasciare traccia.

Uxue e Carmen mi accompagnano a casa. Carmen se ne va dopo avermi fatto promettere che la chiamerò se ho bisogno di qualcosa, che se necessario parlerà con Cristina.

«Vuoi stare da sola?» mi chiede Uxue.

«No. Resta». E se Cristina si presentasse qui? Uxue, come se mi leggesse nel pensiero, dice: «Se viene, me ne occuperò io. Non preoccuparti».

«Finisci il reportage, vado a preparare la cena, così mi distraggo».

Mi concentro a tagliare le verdure, a non piangere,

a non pensare alla faccia di Cristina. Soprattutto a non piangere. Sono brava a trattenere le lacrime, ho anni di pratica alle spalle. Contenimento. Contenimento. "Metti a tacere questo demone, non alimentarlo. Non lasciare che si impadronisca di te".

Fai finta di non aver visto Cristina.

Fai finta che Cristina non esista.

Fai finta di essere felice.

Mentre ceniamo, leggo il reportage di Uxue sulle donne migranti che vengono reclutate per raccogliere le fragole a Huelva e che hanno denunciato stupri, aggressioni fisiche e molestie da parte degli uomini che le assumono e minacciano di buttarle fuori se non cedono ai loro desideri.

«Se la vita delle donne in generale non vale niente, immagina la loro, che sono povere e migranti», mi spiega Uxue

Le testimonianze di queste donne si mescolano nella mia mente con gli occhi di Cristina, quelli di Martín, quelli di Otto. Finisco di leggere il reportage con difficoltà, sono esausta.

Gli occhi di Ane si illuminano quando vede Uxue. Si salutano con timidezza, Ane si serve un piatto di insalata e si siede con noi. Uxue le mostra il suo reportage e discutono della situazione di queste donne e di quanto siamo fortunate a essere bianche e a essere nate qui.

«Mi dispiace, ragazze, ma non resisto più. Se viene mia madre, ditele che sono morta. Vado a letto».

Non riesco a dormire nonostante la stanchezza. Non

ricordavo più la voce di Cristina, il suo timbro profondo. L'effetto che ha sul mio corpo, sentirla pronunciare il mio nome. «Alicia». Allarme. Il mio nome sulle labbra di Cristina era sempre seguito da un rimprovero, un richiamo. Mai *tesoro*, mai *amore*, mai altro che non fosse il mio nome sputato. Otto torna a casa dopo mezzanotte e si sdraia accanto a me in silenzio. Accendo la lampada sul mio comodino.

«Dove sei stato?».

«Pensavo che stessi dormendo. A portare i curriculum».

«Fino a quest'ora?».

«No. Sono stato in un paio di gallerie e la paga che offrivano per fare la guida era troppo bassa. Tornando a casa ho incontrato un mio amico d'infanzia. Mi ha invitato a bere una birra e mi ha detto che aveva appena aperto un ristorante a Donosti e che aveva bisogno di qualcuno di fiducia per gestirlo. Ha finito per offrirmi il lavoro e io ho accettato. Sarà utile per quando apriremo il caffè-libreria».

«È fantastico! Sei felice?».

«Sì, credo… È stata una lunga giornata. A te com'è andata?».

Otto mi abbraccia e mi bacia dappertutto. Facciamo l'amore in un modo diverso, più tenero. E all'orgasmo, una certezza: so come riportarti in vita, Martín.

XXXII

Sono più sorpresa di trovare Ane sveglia prima delle nove che Uxue che fa colazione nella nostra cucina. Uxue mi saluta timida mentre Ane mi versa una tazza di caffè.

«Oggi è il mio giorno libero e Uxue ha consegnato il reportage. Andiamo a fare un giro a Donosti, vuoi venire?».

Se vado io, non sembrerà un appuntamento, saranno entrambe più tranquille. Accetto. Poco dopo, Otto si sveglia, gli diciamo del nostro progetto e lui decide di unirsi a noi senza che nessuno lo abbia invitato. Mi piace l'idea di passare del tempo con Otto fuori da queste mura. Aria, aria. Aria con questa famiglia che ho scelto, aria lontano da Cristina.

Parcheggiamo la macchina e passeggiamo sulla baia di La Concha, lungo il Paseo Nuevo e la Parte Vieja. A mezzogiorno compriamo delle birre e alcune *carolinas* e mangiamo al porto. Otto ci dice che hanno appena inaugurato una mostra nel museo di San Telmo e che ha due biglietti. Paghiamo gli altri due tra noi quattro e Otto ci fa da guida.

«Il gruppo Gaur è nato con l'intenzione di recuperare il dialogo e la relazione con le avanguardie fino a diventare un punto di riferimento internazionale dell'arte basca di quel periodo». Gesticola mentre parla e mi sorride apertamente ogni volta che i nostri sguardi si incrociano. Ane, Uxue e io camminiamo per il museo attente alle sue spiegazioni. Entrambe spariscono per un po' con la scusa di voler rivedere una scultura e lasciano me e Otto da soli.

«Sei felice?» mi dice all'orecchio, abbracciandomi da dietro.

«Molto» dico, e giro la testa per baciarlo.

Quando usciamo dal museo, Ane propone di andare al Rekalde a bere una birra prima di tornare a casa, "tu senza alcol che devi guidare". Otto mi mette la sua giacca sulle spalle. Io e lui andiamo avanti mentre Ane e Uxue restano indietro, baciandosi ogni due passi. Si stanno avvicinando l'una all'altra, timide, Uxue perché credo che sia a disagio per la mia presenza, Ane perché reagisce alla timidezza di Uxue. Ora si tengono per mano, si rubano baci, ridono. Usciamo con le birre, Ane si fa una canna "per finire bene la giornata". Uxue scherza sul fatto che dovremmo comprare un gelato per essere considerate ufficialmente di Donostia. Fantastichiamo sull'idea di vivere un giorno a Donostia, ci lamentiamo di quanto siano cari gli affitti a causa degli appartamenti per turisti, decidiamo che la prossima volta ceneremo al Garraxi e andremo a far festa al Dabadaba. Questa è vita. Questo è avere una famiglia.

I morti, meglio sepolti, anche se appaiono come fantasmi.

Ane e Uxue si alzano da terra per far passare una donna che spinge un carrozzino e l'uomo accanto a lei.

«Eli?» dice Ane guardando la donna. La donna e l'uomo si fermano. Gli stessi occhi, lo stesso viso angelico, solo che non si armonizza più con il resto del corpo. È un viso da bambina attaccato al corpo di una donna adulta, come se fosse un grande bebè. Eli sorride, visibilmente nervosa.

«Ehi, come va?». Mi dà una rapida occhiata e si comporta come se non mi avesse visto. Le cose tra noi non sono finite bene. Martín ha scelto me invece di lei, e lei ha smesso di parlarmi. Fino a oggi. Mi alzo da terra.

«Come va, Eli?». Si fa avanti, mi dà due baci e ci presenta suo marito, Unai, un bell'uomo dal sorriso sincero. Io gli presento Uxue e Otto.

«Come si chiama?» dice Ane guardando il bambino nel carrozzino.

«Eneko».

Gli stessi occhi, la stessa bocca, la stessa forma della testa. La copia esatta di Martín.

XXXIII

Non mi ha mai allettato il pensiero di essere madre, anche se l'idea è stata sempre presente nella mia vita: nei giochi delle bambine della mia classe (quelli che annoiavano me e Ane), in televisione, nei libri, nelle riviste, nei film e nelle conversazioni degli adulti.

La maternità è un mormorio costante nella vita delle donne. Immagino che alcune lo sentano più forte o lascino che si impadronisca dei loro corpi.

Io avrei preferito farmi suora.

Osservavo quelle della mia scuola che, quando non insegnavano, avevano tempo e silenzio da riempire con preghiere, letture e passeggiate. Le preghiere mi sembravano un piccolo prezzo da pagare in cambio di quel silenzio che tanto desideravo o pensavo di desiderare. Non era silenzio, ma pace mentale, anche se non avevo ancora sentito queste due parole insieme. Poi Ane mi ha insegnato la parola *puttana*. L'avevamo sentito entrambe come un insulto, ma non ci era molto chiaro il suo significato, così Ane lo ha chiesto a Carmen, che le ha risposto che erano donne che guadagnavano soldi facendo quello che si fa per avere figli ma senza averli. Nerea era la puttana della scuola. Non ho un ricordo molto chiaro del suo viso, era più grande di noi di sei anni, una differenza d'età ridicola quando si è adulti e abissale quando si è bambini. Quello che ricordo sono le storie che circolavano su di lei. Si diceva che Nerea mostrasse le tette in cambio di cinque euro e che, se la beccavi ubriaca, potevi anche toccargliele gratis.

Con il passare del tempo, ho notato che erano considerate puttane anche quelle che si vestivano come volevano, quelle che discutevano con gli uomini in pubblico, o quelle che ridevano molto e molto forte. In breve, qualsiasi donna a cui non importava l'opinione degli altri su di lei. La vita delle puttane mi sembrava molto più interessante di quella di chi spingeva un passeggino, che fosse un giocattolo o meno. Io e Ane abbiamo iniziato a giocare a fare le puttane. Ci travestivamo con i vestiti e la bigiotteria, ci mettevamo il rossetto e sfilavamo con tacchi troppo grandi per noi. Un pomeriggio, Cristina è entrata nella mia stanza mentre stavamo giocando.

«Che state facendo?».

«Siamo delle puttane».

Cristina è rimasta senza parole, il suo viso era sempre più rosso. Ho protetto il mio con le braccia in maniera istintiva, ma lei si è girata e se n'è andata, sbattendo la porta. Non ne abbiamo più parlato.

Tu sei stato molto chiaro sul fatto che volevi essere padre. «Immagina, Ali, il nostro bambino. Sarebbe un bellissimo bambino e tu saresti una madre perfetta».

Poi hai iniziato a tradirmi.

La prima volta ero piena di rabbia, mi sono sentita umiliata. Ti ho detto che avevamo chiuso per sempre. Sono uscita di casa come una furia, ho vagato senza meta per ore, con il cuore che mi batteva nel petto e le immagini di te che ti scopavi un'altra che mi martellavano il cervello. Ho incontrato tua madre. Era preoccupata per me e mi ha fatto sedere su una panchina. Le ho detto tutto e lei ha cercato di tranquillizzarmi. Mi ha detto che le dispiaceva molto, che poteva immaginare il mio dolore, che anche Josean la tradiva con altre. «E perché continui a stare con lui?» lei è rimasta in silenzio per un po', pensierosa. Poi mi ha detto: «Perché lo amo e abbiamo due figli». Le ho detto che noi non avevamo figli. Mi ha chiesto se ti amavo, ho pianto. Ha insistito perché tornassi a casa e parlassi con te, sicura che tutto si sarebbe risolto. Sono tornata. Mi aspettavi seduto sul divano con gli occhi pieni di lacrime e lo sguardo da cane bastonato. Mi hai chiesto di perdonarti mille volte. Hai giurato che non sarebbe mai più successo. Hai cercato di abbracciarmi, ti ho evitato.

«Alicia, ti amo. Sei la donna della mia vita e so che voglio sposarti, ma siamo molto giovani e penso che dovremmo vedere altre persone».

«Avremmo potuto parlarne».

«Avevo paura che non ti andasse bene, che mi lasciassi».

«Voglio stare da sola».

Quella notte ho dormito a casa di mio padre. La mattina dopo ho letto i tuoi messaggi: «Torna, per favore. Ti amo, ti amerò sempre». Sono tornata. Abbiamo parlato a lungo. Sono rimasta fredda, non ho lasciato che mi toccassi. Mi hai ripetuto che forse faceva bene anche a me stare con altri. Ti ho gridato di non dirmi cosa faceva bene a me. Quando mi sono calmata, ti ho dato ragione. Ti ho detto di sì, che probabilmente sarebbe stato un bene anche per me stare con altri ma non lo pensavo davvero. Abbiamo accettato di vedere altre persone per un po', per provare, "solo sesso". Ora so che il sesso non è mai solo sesso, che nel sesso si mescolano sempre fantasmi, ego, affetti, vulnerabilità, vuoti, paure. Ma allora non lo sapevo, allora volevo solo farti male. Volevo vedere come ti faceva sentire il fatto che qualcun altro mi scopasse. Quel fine settimana sono uscita con i miei compagni di corso, mi sono ubriacata e mi sono scopata Telmo, un ragazzo che mi veniva dietro da tempo. Mi sono divertita a scherzare con lui e ho allungato quel momento fino a quando non ho finito le scuse. Lo scherzo era sufficiente, ma non volevo deludere Telmo, dopo tutto era un bravo ragazzo.

Gli ho fatto un pompino finché non è venuto perché non lo volevo dentro di me.

Non ho mai smesso di pensare a te.

Sono tornata a casa molto tardi, mi stavi aspettando. Sono andata in bagno senza dirti niente. Ho fatto la doccia, mi sono lavata i denti e mi sono addormentata subito. Mi sono svegliata nel pomeriggio, tu eri seduto sul letto e mi guardavi.

«Sei stata con un altro?».

«Sì».

Sei uscito di casa sbattendo la porta. Ho provato a chiamarti sul cellulare ma era spento. Sei tornato qualche ora dopo, piangendo, dicendomi che avevi torto, che non potevi sopportare l'idea che io stessi con un altro, che dovevamo tornare ad essere io e te, come sempre.

Per un po' siamo stati più uniti che mai. Mi hai riempita di attenzioni, eri sempre pronto a fare progetti con me. Poi sei tornato a dirmi che dovevi rimanere all'università o che andavi a cena con i tuoi compagni di corso. Non avevi amici, solo compagni da frequentare per un breve periodo. Non ho incontrato molti uomini che capiscono il vero significato dell'amicizia. La maggior parte esce insieme, condivide hobby, ma mai confidenze. I pesi emotivi sono riservati a noi donne: fidanzate, madri, sorelle, amanti, amiche. Versano i loro dolori interiori su di noi nello stesso modo in cui versano lo sperma sui nostri corpi: in modo brusco, lasciando una sensazione appiccicosa quando lo fanno sulla nostra pelle o un bambino quando lo fanno dentro di noi, trasformandoci in madri dei loro figli e nelle loro stesse madri. Due al prezzo di uno. Ecco perché mi ha sorpreso la tua ultima scusa, quella del tuo amico che stava attraversando un brutto periodo, che aveva bisogno di avere te e gli altri, vicini. Non ti era mai importato di nessuno se non di tua madre, di te stesso, di me all'inizio, quando eri appena arrivato a scuola subito dopo che Cristina ci aveva lasciato.

Tutti si sono innamorati di te. Tutti sapevamo che era Eli quella che sarebbe finita con te, che per noi altre non c'era niente da fare. Eli ha trotterellato fino a te, ti ha mostrato la scuola e tu ti sei lasciato condurre. Io ero troppo occupata a coprirmi con il fango della tristezza per l'abbandono di Cristina, che inondava me e tutto il resto. Non riuscivo a concentrarmi. Le fantasie violente mi travolgevano in continuazione. Andavo da un posto all'altro senza vedere dove mettevo i piedi. Interagivo il meno possibile con i miei compagni di classe e quando lo facevo, offrivo risposte meccaniche, mezzi sorrisi.

Io non vedevo, ma tu hai visto me.

Con sorpresa di tutti, hai iniziato ad avvicinarti durante la ricreazione. All'inizio ti ignoravo, volevo che tutti mi lasciassero in pace. Volevo sedermi con un libro in mano e immergermici. Non volevo far parte della realtà, o almeno non di quella in cui mia madre se ne era andata senza lasciare traccia. Ti sei interessato ai libri che leggevo, mi hai fatto domande, mi hai ascoltata. Ho ceduto e abbiamo iniziato a vederci fuori dalla scuola. Mi hai portata al cinema, a prendere un gelato, a passeggiare. Mi sono lasciata andare, affascinata dall'aver suscitato l'interesse di un ragazzo così bello, così fuori dalla mia portata. Ho cominciato a vedermi attraverso i tuoi occhi, il tuo sguardo mi ha ridato coraggio. Hai raccolto i pezzi che Cristina non voleva – ero convinta che Cristina se ne fosse andata perché non ero stata una buona figlia, la deludevo di continuo, non ero la ragazza che aveva sognato di avere – e mi hai dato forma.

La vita mi stava dando una seconda possibilità:

avrei potuto ricostruire la mia identità attraverso il tuo sguardo. Sarei stata la brava ragazza che ero in fondo, la fidanzata del ragazzo più carino della classe, l'invidia degli altri. Mi sono vestita con il mio nuovo costume, con Cristina sempre presente. «Guardami, *ama*, ora sono quello che volevi. Lui mi ama, mi vede[5]».

Evitavo di tornare a casa. Preferivo passare le serate da te dove potevamo chiuderci nella tua stanza senza che nessuno ci disturbasse, dove potevo fermarmi a cena quando volevo, dove il frigo era sempre pieno di cose deliziose che a casa mia non c'erano mai.

A casa mia, Ricardo e io cercavamo di vivere una vita normale, di comportarci come se non fosse successo niente. Ma il fantasma di Cristina era ovunque, così come ora il tuo e il fantasma del figlio che non abbiamo mai avuto sono in ogni angolo di questa casa.

Aria, aria.

Il costante stato di allerta – Dove sei? È davvero andato in palestra o sta con un'altra? – ha finito per distruggermi i nervi durante il nostro ultimo anno insieme. L'aria è arrivata sotto forma di un'offerta di lavo-

5 Il saggio di Laura Mulvey del 1975 *Visual Pleasure and the Narrative of Cinema* introduce il concetto di «sguardo maschile» come un modo per mostrare l'asimmetria del potere di genere nel cinema. Il concetto era presente in studi precedenti sullo sguardo, ma è stata Mulvey a portarlo in discussione. Mulvey diceva che le donne erano trasformate in oggetti, poiché erano gli uomini eterosessuali a controllare le telecamere. I film di Hollywood si sono conformati ai modelli del voyeurismo e della scopofilia.

ro: un posto come caporedattore di una rivista appena fondata a Barcellona. Te ne ho parlato con entusiasmo, sperando che fossi felice per me. Quella sera mi hai chiesto di sposarti.

Ho detto di sì, che saremmo stati genitori, che saremmo stati felici. Non ero sicura se lo volevo davvero o se era il tuo desiderio proiettato su di me.

Il tuo sguardo.

Di notte avevo degli incubi in cui il mio corpo incinto diventava sempre più grande e tu scappavi tra le braccia di altre donne.

Sono stanca di vivere tra i fantasmi, Martín, di essere io stessa una creatura sofferente che striscia da un posto all'altro. Ho bisogno di sentirmi viva, di sentire una vita che cresce dentro di me. Eneko dovrebbe essere mio.

Carne della mia carne, sangue del nostro sangue, ma visto che hai deciso di seminare la vita in un'altra donna, sarà Otto a farlo dentro di me. Tuo fratello, che è molto meglio di te, che lo è sempre stato. Noi due creeremo una nuova famiglia, esseri vivi, non fantasmi. Io sarò la madre che Cristina non è stata, Otto sarà il padre che Josean non è stato. La nostra creatura sarà il figlio che non abbiamo avuto, una versione migliore di te. Plasmeremo il nostro bambino con i nostri sguardi, proprio come tu hai plasmato me.

XXXIV

«Lo sapevi?».

«Non posso parlare ora, Alicia. Ti chiamo più tardi».

«Lo sapevi o no?» Saioa non risponde. «E non hai pensato di dirmi qualcosa quando sei venuta a casa mia?».

«Cosa avrei dovuto dirti? Eli è una mia amica, ha passato un brutto periodo. Non ti ho visto per molto tempo».

«Leccaculo. Sei sempre una leccaculo di merda».

Riattacco il telefono e cerco di concentrarmi sulla lettura dei blog di cinema che ho selezionato, ma il viso di Eneko, i suoi capelli biondi, le sue guance, la sua bocca, i suoi occhi, gli stessi occhi, si sovrappongono al viso di Martín e invadono i miei pensieri. Se non fossi morto, Martín, ti ucciderei io stessa a mani nude. Bussano alla porta.

«Mi dispiace di non averti chiamato, tesoro, ma preferisco dirtelo di persona».

«Dirmi cosa?».

«Ieri tua madre è venuta a trovarmi».

«Vieni dentro. Accomodati».

Ci sediamo sul divano. Carmen si tocca la gonna, si guarda le mani. Aspetto che sia lei a parlare.

«Ieri, quando sono tornata dal lavoro, tua madre mi aspettava sulla porta. La sua faccia era sconvolta, mi ha detto che non sapeva cosa fare per parlare con te. L'ho invitata a salire e lei è scoppiata in lacrime. Ha detto che le dispiaceva, mi ha detto un sacco di cose… Penso che dovresti parlarle, tesoro. O ascoltarla, almeno.

«No. È finita, Carmen. Cristina è il passato. Non merita che la ascolti. Ho avuto difficoltà a rimettere insieme la mia vita dopo di lei, dopo Martín. Ora che comincio a essere felice, non lascerò che Cristina rovini tutto. Ora ho questa famiglia che ho scelto: Ane, Otto, Uxue, mio padre, tu».

«È tua madre».

«Non mi interessa, Carmen. Non mi importa, non si è mai comportata come tale. I legami di sangue non fanno di te un genitore».

Carmen sta per dire qualcos'altro, ma in quel momento entra Otto e si zittisce. Otto saluta Carmen con due baci mentre io gli racconto il motivo della sua visita.

«Sono d'accordo con Alicia. Essere madre non significa mettere al mondo qualcuno e poi sparire».

Carmen sospira e fruga nella sua borsa, estrae un piccolo pezzo di carta e me lo porge.

«Bene, mi ha lasciato un numero e ha detto che puoi chiamarla quando vuoi, che non c'è fretta e che capisce che sei arrabbiata. Vado a lavorare. Dite a mia figlia di venire a trovarmi, mi ha abbandonato».

«È innamorata» dico io.

«Non mi dire! Non ne avevo idea. Non mi dice più niente. Come vorrei che trovasse una ragazza che le faccia bene. La conosci?».

«Sì, è una mia amica. Molto carina. Niente a che fare con Iosune».

«Oh, sono così felice, figlia mia. Be', vediamo se un giorno vengono a casa per pranzo e la incontro, come si chiama?».

«Uxue. Era a cena l'altro giorno, quella con gli occhiali. Forse è ancora un po' presto per questo, si stanno conoscendo».

«Oh, sì! Molto carina. Non è mai troppo presto per conoscere le amiche di mia figlia».

«Non sono amiche».

«Sai cosa voglio dire». Carmen ci prova, lo fa con buone intenzioni, ma non si è ancora scrollata di dosso l'abitudine di definire "amiche" le amanti o le fidanzate di Ane. Ci saluta con un abbraccio e un invito ad andare presto a mangiare a casa sua: «Magari Ane invita anche Uxue». Appena la porta si chiude, Otto si inginocchia davanti a me, mi abbassa i pantaloni e le mutande e comincia a baciarmi la figa. Martín non lo faceva quasi mai, solo perché voleva lubrificarmi in modo da poterlo mettere dentro il prima possibile. Otto lo fa spesso, con devozione, e mi piace, ma questa volta lo spingo via. Gli ordino di sedersi, mi metto a cavalcioni sopra di lui e lo scopo fino a che non viene dentro di me.

XXXV

Ho passato la giornata a prendere appunti, scrivere e riscrivere, finché non sono stata soddisfatta del risultato. Ho appena inviato il testo al contatto che mi ha passato Uxue, il caporedattore di una nota rivista online. Eccitata, irrompo in bagno ed entro nella doccia con Otto. Mi bagna i capelli e il corpo con cura, e ci coccoliamo sotto il getto finché non cominciamo ad avere freddo.

«L'ho inviato. Andiamo al bar di Ane a bere qualcosa? Offro io».

«Mi piacerebbe, ma devo incontrare Beñat, quello del ristorante. Vuole farmi un po' di formazione prima di iniziare. Ma questo fine settimana io e te andiamo a cena fuori, okay?».

Lo bacio e ci prepariamo a uscire.

«Dovresti stare sempre così, senza niente addosso» dico mentre guardo Otto nei suoi jeans, senza maglietta, con i capelli bagnati. Gli tiro la fibbia della cintura. Otto ride.

«Stai calma. Sono in ritardo».

Anche questo è un mio demone. Questo desiderio insaziabile che quando non trova un canale mi riempie di morte, ma che ora mi riempie di vita. Insaziabile. Martín diceva questa parola per riferirsi a me, per definirmi. "Sei insaziabile". All'inizio lo diceva come un complimento, poi per mettermi in imbarazzo. Io avevo sempre più voglia di sesso rispetto a lui, ma mi accontentavo di masturbarmi se lui non era disposto. Le mie fantasie erano sempre più eccitanti. Potevo fare un collage con le parti di Martín che mi piacevano mescolate con altri corpi, altre pratiche e altri scenari. Togliere questo, aggiungere quello. Non funziona forse così la memoria? Una serie di scarti che scegliamo e abbelliamo a piacimento. Finzioni a metà che ci raccontiamo per sopravvivere.

È giovedì e il Tximista è pieno di universitari che vogliono fare festa. Ane corre su e giù per il bar, occupandosi di tutti in modo efficiente. Vado a salutare Ibai, che è seduto in un angolo.

«Bella! Come mai qui?».

Gli dico che ho appena inviato la mia prima recensione.

«Che bello! Sono davvero felice. Dai, facciamo un brindisi, anch'io sto festeggiando. Domani inizio a lavorare qui, con Ane, come ai vecchi tempi».

Ci abbracciamo, Ibai si mette dietro al bancone e prepara un paio di gin tonic. Ane passa dietro di lui, gli dà una pacca sul culo e mi dice: «Questa è la fregatura. Non ha ancora iniziato e si sta già bevendo tutto il bar». Poi dice a Ibai: «Forza, dammi una mano, c'è casino e vedo che sei in vena». Ibai risponde con un gesto di fastidio, ma obbedisce. Ane alza la musica, toglie i *pintxos* dal bancone e cambia le luci in modo che il bar sia in penombra. Guardo gli studenti universitari mentre bevo il mio gin tonic. Senza dubbio sono matricole, la maggior parte di loro ha ancora tratti infantili e una finta sicurezza. Individuo subito il maschio alfa. Un ragazzo biondo con muscoli definiti, circondato da ragazze che ridacchiano mentre il resto dei ragazzi lo guarda con un misto di ammirazione e odio. Martín. Fantastico di avvicinarmi alle ragazze per dire loro di non perdere tempo. Sì, è bellissimo, ma di sicuro è un pessimo scopatore, probabilmente si preoccupa solo di se stesso mentre quel ragazzo magro con gli occhi grandi che stanno ignorando è molto più interessante e darà loro più orgasmi. Individuo la femmina alfa. Una brunetta con tette enormi che finge di ignorare il bel ragazzo ma non gli toglie gli occhi di dosso. Passeranno la serata fingendo di ignorarsi a vicenda finché non avranno abbastanza alcol nelle vene per avvicinarsi. Che noia. Oihana mi abbraccia da dietro e mi bacia la guancia.

«Che c'è, ti stai già ubriacando? Vado in bagno. Ordinami uno di quelli, ne ho davvero bisogno».

Chiedo a Ibai un altro gin tonic e prendo una banconota dal portafoglio. Ibai scuote la testa e mi fa l'occhiolino. Oihana torna dal bagno e beve mezzo gin tonic in un colpo solo.

«Stai bene?».

«Non ne posso più. Cinque anni in TV e sono ancora una freelance. Ci pressano per tutto il giorno e ci mettono alla prova per vedere quanta merda siamo capaci di sopportare mentre loro si occupano di essere un'azienda moderna e cool. Non hanno vergogna. E oggi, come se non ne avessi abbastanza, il mio capo mi ha tirato addosso la spazzatura davanti a tutti. Un giorno gli do fuoco, lo giuro. Basta, tu come stai?».

Inizio a raccontarle di Eneko, ma Oihana si distrae guardando qualcosa dall'altra parte del bar. Il bel ragazzo e quello interessante ci stanno guardando. Quello bello sussurra qualcosa all'altro e si avvicinano.

«Tu sei quella di *Teleberri*, vero?» dice il bello a Oihana. Lei sorride, annuisce, si gonfia il petto.

«E tu chi sei?».

«Lander. E lui è Ekain» dice indicando il suo amico.

Mi presento e salutiamo i ragazzi con due baci. Entrambi odorano di menta.

«Non ho ancora cenato. Tu?» mi chiede Oihana.

Scuoto la testa. «Voi avete cenato?» dice rivolgendosi ai ragazzi.

«No» dice Lander.

«Sì» dice Ekain.

«Bene, andiamo a cenare. Venite?». Senza aspettare una risposta, Oihana prende l'ultimo sorso del suo drink, si alza e si dirige verso l'uscita. Lander, Ekain e io la seguiamo. Prima di uscire, do un'ultima occhiata al bar. La brunetta ci guarda male.

«Credo che a quest'ora possiamo cenare solo dal kebabbaro, che ve ne pare?» chiede Oihana.

Per me e i ragazzi va bene.

Senza che nessuno dica niente, le coppie si formano. Oihana e Lander vanno davanti, Ekain e io dietro.

«Be', avete finito i corsi questa settimana?».

«Sì».

«In quale università andate?».

«Deusto».

«E cosa studiate?».

«Comunicazione».

«Ti piace?».

«Non è male».

Ekain non sembra molto loquace. O almeno non sembra avere voglia di parlare con me. Invece, Lander e Oihana non smettono di chiacchierare finché non arriviamo a destinazione.

«Ragazzi, andate a ordinare, ora arriviamo» dice Oihana «io prendo un falafel *durum*, patatine e un'acqua».

«Lo stesso per me» dico. I ragazzi obbediscono ed entrano nel locale.

«Bene, allora? Non sono male, vero?».

«Non hanno nemmeno vent'anni».

«Meglio. A quell'età sono entusiasti di tutto e vogliono farlo davvero. Sono proprio sexy. Ti farà bene, Ali. Da quanto tempo non stai con qualcuno?».

«Meno di due ore».

«Cosa! Chi?!».

«Otto».

«Che dici?».

«Sì. Pensavo lo sapessi».

Oihana tarda a rispondere. Credo che sia senza parole per l'invidia.

«Da quanto tempo uscite insieme?».

«Non molto. Un paio di mesi o giù di lì».

«Fate sul serio?».

«Sì, credo».

«Oh...» Oihana fruga nella borsa e tira fuori un pacchetto di sigarette. Me ne offre una e si siede sul marciapiede. Mi siedo accanto a lei e le accendiamo. Oihana guarda dritto davanti a sé, fa un tiro e fa uscire il fumo dal naso, pensierosa. Poi dice: «E fate coppia fissa?».

«Se la domanda è per vedere se puoi fartelo, la risposta è no».

«Non è questo. È solo che...».

«È solo che cosa?».

«Forse non dovrei dirtelo».

«Dirmi cosa?» Oihana guarda a terra senza rispondere «Oihana. Dirmi cosa?».

Sospira.

«Ti ricordi la sera che abbiamo cenato da te?».

«Sì».

«Quando eravamo al bar, Ibai mi ha detto che te ne eri andata e mi ha offerto una striscia. Siamo andati in bagno ed era occupato. Mentre aspettavamo, abbiamo iniziato a sentire dei gemiti. Ho bussato alla porta e ho sussurrato qualche stronzata... Be', non importa. Il fatto è che la porta si è aperta e...».

«E cosa?».

«E sono usciti Otto e Mirari».

«Ragazze!» grida Lander dall'interno. «La cena è pronta!».

«Un attimo, adesso arriviamo!» grida Oihana. Poi, rivolgendosi a me «Lo sapevi?».

«No. Infatti, il giorno dopo mi ha detto che l'aveva accompagnata a casa e basta».

«Non so dove siano andati dopo, ma hanno lasciato il bar insieme, questo è sicuro. Oh, Ali. Mi dispiace molto».

«Vado a casa».

Mi metto in piedi e inizio a camminare. Potrei ucciderlo.

Immagino di piantargli un coltello nella pancia, di tagliargli la gola, di prenderlo a pugni fino a fargli perdere i sensi. Immagino di trascinare Mirari per strada, di ucciderli entrambi e poi soffocare Eneko, il suo piccolo collo che si spezza tra le mie mani. La rabbia mi accelera il battito, velocizza i miei passi, mi impedisce di vedere le strade che sto attraversando, mi allontana dalla realtà. Invade tutto, mi scuote, mi trascina, mi mette in movimento. Un piede davanti l'altro mentre le scene di violenza si susseguono nella mia testa. Voglio scaricarmi contro qualcuno, o almeno, nella mia immaginazione, voglio farlo, ma non so mai come realizzarlo.

La violenza, quando ritorno alla realtà, mi spaventa e si trasforma in malinconia, che pure mi trascina ma mi lascia immobile, mi abbatte, mi rende inutile. La rabbia e la malinconia sono due facce della stessa medaglia riservate a quelli di noi che non sanno cosa fare con la prima. La tristezza è un mare che copre un vulcano in eruzione ma non lo spegne. Lo trasforma soltanto, facendolo tacere, rendendolo inutile.

«Dove stai andando tutta sola?».

La voce dell'uomo irrompe nei miei pensieri come uno schiaffo in faccia, riportandomi alla realtà.

«Muori, merda!».

L'uomo, che deve avere l'età di mio padre, è senza parole. Ho paura che mi faccia del male, che la sua risposta sia ancora peggiore, ma lui non dice niente. Si limita a guardarmi con gli occhi spalancati. Deve pensare che sono pazza, che sono pericolosa, che se osa dirmi qualcos'altro o toccarmi posso affrontarlo con tutta la mia forza, ucciderlo. *Muori, merda*, due parole che sono venute da dentro, a cui non ho pensato, che sono schizzate fuori dalla parte più profonda di me e che hanno alleviato un po' la mia rabbia. Mi hanno riportato a un briciolo di sanità mentale. È la prima volta che rispondo a uno sconosciuto che mi dice qualcosa per strada.

Torno sui miei passi. Non una lacrima, non una traccia di tristezza, solo il mio corpo elettrizzato, una sorta di euforia. La rabbia trasformata non in malinconia, ma in qualcosa di potente. Oihana, Ekain e Lander non nascondono la loro sorpresa quando mi vedono riapparire.

«Ti senti meglio?» dice Lander.

«Mi sento bene, ma non ho fame. Andiamo a ballare?».

I ragazzi annuiscono, credo un po' sorpresi dalla mia improvvisa energia. Mentre si avvicinano alla cassa per pagare, Oihana mi sussurra:

«Sei sicura di stare bene?».

«Mai stata meglio».

Quando arriviamo al Tximista ordino da bere per tutti. Io e Oihana trasciniamo i ragazzi al centro del bar, li facciamo ballare, li facciamo girare. Lander risponde immediatamente attaccandosi a Oihana mentre Ekain afferra la mia mano con riluttanza e fa passi maldestri con gli occhi incollati al pavimento. Gli afferro il mento con delicatezza, costringendolo a guardarmi negli occhi. «Non dobbiamo ballare se non vuoi, ci fumiamo una sigaretta?» Ekain annuisce sollevato, lo prendo per mano e usciamo.

«Stai bene?» mi chiede.

«Sì, perché?».

«Oihana ci ha detto che ti sentivi male e che saresti andata a casa».

«Il mio ragazzo, che è il fratello del mio ex ragazzo morto, si scopa una mia amica. E il morto ha un figlio di cui sono venuta a conoscenza un paio di giorni fa, che ne pensi?».

«Caspita…».

«Sì. Vorrei averlo inventato ma non è così».

Finiamo di fumare e torniamo dentro. Ekain mi chiede se voglio qualcosa da bere e andiamo al bar.

«Cazzo».

Iosune ha preso Ane per il braccio, è visibilmente ubriaca e non sembra essere accompagnata. Ane cerca di liberarsi, ma Iosune la stringe di più e grida qualcosa che non riesco a capire. Ane mi vede e mi lancia uno sguardo supplichevole. Dico a Ekain di aspettare un momento, vado da Iosune e le tocco la spalla.

«Come va, Iosune, quanto tempo!».

Strizza gli occhi, le ci vuole qualche secondo per riconoscermi. È più ubriaca di quanto sembri a prima vista, il suo corpo ondeggia avanti e indietro. Quando alla fine mi riconosce, mi getta le braccia al collo e mi strilla nell'orecchio.

«Aliii!».

Approfitto del momento per mettermi il suo braccio intorno alle spalle e portarla fuori.

«Sediamoci un momento così prendiamo un po' d'aria fresca» dico.

«Devo parlare con Ane».

«Be'» dico, cercando di sembrare calma «ma Ane sta lavorando e non stacca prima di tre ore. Quando finisce parli con lei. Ora puoi parlare con me, non ci vediamo da molto e non so niente di te».

La trascino in un vicolo vicino e ci sediamo davanti a un portone. Iosune appoggia la fronte sulle sue ginocchia. Per un momento penso che si sia addormentata, poi comincia a parlare.

«Ho fatto un casino, Ali. Ho fatto un gran casino. Non avrei dovuto lasciarla, sono un'idiota. Mi manca. Sono una stronza. Sono una stronza, stronza…». Sputa a terra. «Voglio tornare con lei, Ali. Pensi che abbia una possibilità?».

"Nessuna", penso, ma le dico: «Non lo so. Dovrai parlarne con lei, ma non ora e non in questo modo. Non dovevi andare a Montreal?».

Iosune scuote la testa ma non dice altro. Prendo una bottiglia d'acqua dalla mia borsa, mi bagno le mani e le metto sulla nuca di Iosune. Non reagisce. Le sollevo la testa e la costringo a bere. Iosune beve piano, con gli occhi chiusi.

«Meglio?».

Lei annuisce e appoggia la testa sulla mia spalla. Restiamo così per un po', anch'io chiudo gli occhi. Iosune mi bacia il collo e io la lascio fare. Senza smettere di baciarmi, infila una mano sotto il mio vestito e comincia ad accarezzarmi sopra le mutandine. Il mio corpo risponde alle carezze, allargo di più le ginocchia e lascio che Iosune faccia scivolare le sue dita nella mia fica già umida. Non ho bisogno che ci sia un'attrazione previa per eccitarmi. Il mio corpo si accende al tocco delle carezze e, soprattutto, alla sensazione del desiderio dell'altro. A volte mi chiedo se lo sento davvero o se è il desiderio degli altri proiettato su di me che mi eccita, il desiderio nevrotizzato, lo sguardo dell'altro. Penso che potrei abituarmi al sesso con le donne così come mi sono abituata al sesso con gli uomini o agli uomini in generale. Con gli uomini è come con la pioggia, mi sono abituata a loro a forza di subirli in continuazione, ho finito per romanzarli. Spingo via la sua mano con delicatezza.

«Sei ubriaca. Vieni, ti accompagno a casa».

Sulla strada vedo da lontano la bella brunetta che stava seguendo Lander. È seduta su una panchina e piange. Mentre decido se avvicinarmi o meno, Iosune vomita sulle sue scarpe. Prendo un fazzoletto dalla mia borsa e la pulisco come meglio posso. Quando mi guardo indietro, la brunetta si sta scattando un *selfie* con la faccia coperta di lacrime.

XXXVI

«L'ho accompagnata a casa, ma non è successo niente. Te l'ho detto, Alicia».

«Bene, allora chiamo Mirari per vedere cosa dice».

Otto si copre la faccia e inizia a piangere.

«Mi dispiace… Sto attraversando un periodo orribile, Alicia. La morte di Martín mi ha distrutto».

E a me Martín ha già rotto parecchio il cazzo. Voglio buttarlo fuori, ma non posso perché sono io che vivo in casa sua. Tiro fuori la valigia che ho usato quando mi sono trasferita qui e piego con cura i miei vestiti. Lascio quelli che Martín mi ha regalato appesi nell'armadio. Otto mi guarda dalla porta.

«Alicia, per favore…».

Continuo a piegare senza prestargli attenzione.

«Alicia, andiamo… Ali, tesoro. È stata una sciocchezza. Non significava nulla. Io amo te. Sei la donna della mia vita e so che voglio sposarti…».

«Stai zitto, cazzo! Chiudi quella cazzo di bocca, per l'amor di Dio».

Otto è diventato un corpo pesante e mi guarda

come un bambino grande. Fino ad ora non avevo notato che ha lo sguardo assente di un ritardato.

«Gli spacco la faccia, cazzo».

«Lascia stare, Ane, davvero. Non ne vale la pena» dico, più per convincere me stessa che lei.

«Non voglio più continuare a vivere lì. Voglio andare a prendere le mie cose adesso».

«Vengo con te. Se vuoi, puoi stare da me» dice Uxue.

Mi trasferisco nella stanza di quando ero bambina e per tre giorni la lascio solo per andare in bagno e mangiare.

Il terzo giorno disfo i bagagli, riordino un po', compro un paio di piante al mercato, mi riprometto che non moriranno.

Scrivo.

Scrivo fino a quando le dita si irrigidiscono. Con il cuore in gola, batto sulla tastiera i pugni che non ho osato dare, sputo i silenzi e scateno la rabbia. Lascio che le mani vadano più veloce dei miei pensieri. Non penso alla coerenza o alla qualità. Le parole trovano la loro strada, sono loro che mi trascinano. Scrivo come quando ero bambina, per il puro piacere di farlo, senza pensare se mi porterà guadagno economico o l'approvazione degli altri. Quando finisco, stampo le pagine e le metto in un cassetto senza leggerle. Dormo per dieci ore di fila. Mi sveglio riposata, le mie mani e i miei piedi non sono più freddi. Mio padre non c'è. Cammino per la casa e noto che è ordinata ma sporca. Sembra che mio padre non abbia spolverato o pulito bene i bagni per molti anni. Le pareti hanno un disperato bisogno di una mano di vernice, i mobili sono ancora gli stessi di quando ero bambina. Questa è una casa triste perché mio padre ha lasciato che il fantasma di mia madre la abitasse, che la casa appassisse con lui. La tristezza puzza di muffa.

Quando mio padre torna dal lavoro, propongo di passare il fine settimana a tinteggiare, buttare via, riordinare e pulire. Spero che dopo aver fatto tutto questo, anche lui smetta di essere un uomo triste. Strappo i vecchi poster dalle pareti della mia stanza, copro il color salmone con un intenso azzurro cielo. Dipingiamo il resto delle stanze, ognuna di un colore diverso. Buttiamo via mobili e cianfrusaglie. Puliamo tutta la casa da cima a fondo. Mio padre sembra più allegro. Eppure, l'odore di tristezza non va via. Cristina è ancora qui. I ricordi sono scritti sui muri con un inchiostro invisibile che non si lava via. Nonostante lo sforzo, questa è ancora una casa abbandonata.

Ora sono in grado di esprimerlo a parole. Quando Cristina se n'è andata, non sapevo il motivo, sapevo solo che non volevo stare tra queste mura, sentivo che mi soffocavano. Mi rivedo come quando ero adolescente, cercando qualsiasi scusa per uscire di casa ed entrare il meno possibile. Passo molte ore in biblioteca, leggo libri e scrivo una recensione a settimana per la rivista online che Uxue mi ha aiutato a ottenere. Lei e Ane mi accompagnano a prendere il resto delle mie cose a casa di Otto. Nel bagno c'è un terzo spazzolino da denti che non è né il mio né quello di Otto. Prendo il rossetto rosso dalla borsa e scrivo CODARDO sullo specchio. Ane, Uxue e io arriviamo alla conclusione che il piano di Otto di aprire un caffè-libreria era probabilmente una bugia e così il suo lavoro al ristorante.

XXXVII

Eli abbozza un sorriso triste dall'ingresso della caffetteria mentre spinge il passeggino, che sembra costoso, verso il tavolo dove sono seduta. Si giustifica dicendo che non aveva nessuno a cui lasciare il bambino.

Eli non è una donna pericolosa. È solo una madre con un bambino.

Eneko dorme tranquillo nel passeggino.

«Come stai?».

«Bene».

«Mi dispiace molto, Alicia».

«Di cosa ti dispiace?».

«Di tutto. Che tutto dovesse andare così».

«Lo amavi?».

«Molto» dice Eli mentre fruga nella sua borsa finché non tira fuori un pacchetto di fazzoletti e si asciuga le lacrime.

Non è facile odiare qualcuno in carne e ossa. Aspetto che le sue lacrime si asciughino.

«Ti prego, voglio sapere tutto. Da quando?».

«Circa due anni prima dell'incidente. Ci siamo incontrati in un negozio e ci siamo scambiati i numeri. Non pensavo che ci saremmo rivisti...».

«Ma vi siete visti».
«Sì».
Prendo un sorso del mio caffè.
«Martín mi amava».
«E allora perché stava ancora con me?».
«Pensava di lasciarti. Ha sempre detto che ti avrebbe lasciato, ma non l'ha mai fatto».
«Ed Eneko?».
«Era voluto. Martín ha detto che tu non volevi figli».
«E tuo marito?».
«Pensa che sia suo».
«Glielo dirai?».
«No. E ti chiederei che nemmeno tu gli dicessi nulla».
«Non avevo intenzione di farlo».
Tanto meno è facile odiare un uomo morto.
Eneko si sveglia piangendo ed Eli lo prende in braccio.
«Devo allattarlo, ti dispiace?».
«No, certo che no».
Cerco di non guardare mentre Eneko succhia un seno e stringe l'altro con la sua manina.
«Devo andare in bagno». Mi alzo prima che mi veda piangere. Metto la faccia sulle piastrelle fredde mentre cerco di controllare il respiro.
Chiudo gli occhi.
Nel bagno accanto, una donna tra i tre e i novantanove anni cerca di vomitare.

XXXVIII

Lot salì da Soar per andare ad abitare sul monte insieme con le sue due figlie, perché temeva di stare in Soar; e si stabilì in una caverna, egli con le sue due figlie. La maggiore disse alla minore: «Nostro padre è vecchio, e non c'è più nessuno sulla terra per mettersi con noi, come si usa in tutta la terra. Vieni, diamo da bere del vino a nostro padre, e corichiamoci con lui, perché possiamo conservare la razza di nostro padre». Quella stessa notte diedero da bere del vino al loro padre; la maggiore entrò e si coricò con suo padre; ed egli non si accorse quando lei si coricò né quando si alzò. Il giorno seguente la maggiore disse alla minore: «Ecco, la notte passata io mi sono coricata con mio padre; diamogli da bere del vino anche questa notte e tu entra, coricati con lui, perché possiamo conservare la razza di nostro padre». E anche quella notte diedero da bere del vino al loro padre e la minore andò a coricarsi con lui; egli non si accorse quando lei si coricò né quando si alzò. Così le due figlie di Lot rimasero incinte del loro padre. La maggiore partorì un figlio, che chiamò Moab. Questi è il padre dei Moabiti, che esistono fino al giorno d'oggi.

Anche la minore partorì un figlio, che chiamò Amon. Questi è il padre degli Ammoniti, che esistono fino al giorno d'oggi.

Quando arrivo al bar dove dovremmo incontrarci, Cristina è già lì. Si è seduta al tavolo più vicino alla finestra e la guardo da fuori prima di entrare. Armeggia con la zolletta di zucchero nel suo caffè, la tocca compulsivamente, come una bambina spaventata. Non posso fare a meno di provare pena per lei.

«Ciao».

«Ciao».

Mi siedo di fronte a mia madre e sono grata che non cerchi di baciarmi o toccarmi. Rimaniamo in silenzio per molto tempo, guardandoci con curiosità. Sembra stanca, i suoi occhi sono più piccoli di quanto ricordassi, il naso è più grande. Gli angoli della bocca sono abbassati, dandole un'aria triste. Indossa un vestito verde che mette in risalto i suoi occhi e degli orecchini d'oro che ricordo di averle già visto addosso. Si è tinta i ricci, i miei stessi ricci, di un colore ramato. È ancora una donna vanitosa.

«Come sei bella» dice lei. Indosso una giacca marrone e i miei capelli sono raccolti in uno chignon basso. È il vestito che metto ai colloqui di lavoro, quello che mi fa sembrare più seria e più adulta di quello che sono in realtà.

«Ho saputo di Martín. Mi dispiace tanto» dice. Credo che lo pensi davvero.

Avevo preparato un sacco di domande, ma ora mi rendo conto che si riducono tutte a una sola.

«Perché non mi vuoi bene?».

Mia madre non risponde subito. Si copre il viso con le mani e rimane così.

«Certo che ti voglio bene, Alicia».

«Tu non mi vuoi bene. Non me ne hai mai voluto e l'ho sempre notato, da quando ero piccola».

Mia madre sospira, si pulisce il naso e la faccia con un fazzoletto.

«Carmen mi ha detto che non hai letto le mie lettere».

«Quali lettere?».

«Quelle che ti ho mandato per quasi due anni».

«Non ho mai ricevuto una lettera da te».

«Questo è quello che ha detto Carmen» Cristina sospira. «Non importa. Ora siamo qui, posso raccontarti tutto, se vuoi. E poi potrai decidere se vorrai vedermi ancora» chiude gli occhi e si tocca il viso. «Non ti ho mai parlato dei tuoi nonni».

«No».

«Io e i miei fratelli siamo cresciuti in una casa buia con mobili antichi e tende pesanti. Non ricevevamo quasi mai visite e avevamo un sacco di regole assurde. Tuo nonno pensava che il basco fosse una lingua di provincia. Una volta, tuo zio Rodrigo ebbe l'idea di chiamarlo *aita* e mio padre lo picchiò con la sua cintura fino a lasciargli i segni. Lartaun riusciva a malapena ad alzarsi dal letto. Aveva ereditato molti soldi e né lui né tua nonna hanno mai dovuto preoccuparsi di lavorare. Isabel trascorreva le sue giornate giocando a golf e partecipando a eventi. Amava dire ai vicini che non aveva mai cambiato un pannolino in vita sua nonostante avesse sei figli. Tuo nonno si è cimentato in diversi affari, ma nessuno gli è riuscito bene. È caduto in una depressione dalla quale non è più uscito. Io e i tuoi zii siamo cresciuti con Arrate, l'*aña*, che ci insegnava canzoni in basco di nascosto dai miei genitori. Quando non avevamo scuola, mia madre riusciva a uscire di casa il più presto possibile e a non tornare fino al tardo pomeriggio. Arrate si assicurava che io e i miei fratelli fossimo svegli, facessimo colazione e ci lavassimo prima delle dieci del mattino e ci portava in spiaggia, se il tempo era buono, o a fare escursioni a Bilbao, se era brutto. Ogni volta che prendevamo il treno per Bilbao, fantasticavo che quella volta non saremmo tornati, che Arrate avrebbe trovato una casa dove io e i miei fratelli avremmo vissuto senza Isabel e Lartaun, avremmo mangiato dolci tutti i giorni e avuto tanti amici con cui giocare. Andando alla stazione, chiedevo ad Arrate: «Dove andiamo?» e lei rispondeva sempre: «Dove andiamo, *panpintxo*? *Etxera*». A casa tornava il silenzio. Non ci era permesso fare rumore. Tua nonna ci diceva sempre che se avessimo fatto rumore Lartaun sarebbe peggiorato. Nei giorni buoni, io e i miei fratelli giocavamo in salotto mentre Arrate riposava prima di mettersi a preparare la cena. Nei giorni cattivi, Lartaun mi chiamava nella sua stanza. L'ingresso nella camera dei miei genitori ci era severamente proibito, potevamo entrare solo se Lartaun ci chiamava, e tuo nonno chiamava solo noi ragazze, soprattutto me. Entrare nella stanza dei miei genitori era come entrare in un santuario: bisognava prima togliersi le scarpe per non sporcare il tappeto e rimanere in silenzio. L'unica cosa che illuminava la stanza era una fioca luce gialla proveniente dal comodino di mio padre. Il resto rimaneva in penombra, le spesse tende sempre chiuse. Tuo nonno mi aspettava, sdraiato sul suo letto singolo. Accanto c'era il letto di Isabel, separato da due comodini identici. Dovevo aspettare che Lartaun mi facesse un segnale prima di potermi avvicinare. Poi tuo nonno prendeva una Bibbia dal cassetto del suo comodino e mi indicava il passo che dovevo leggere. Mentre leggevo, Lartaun infilava la mano sotto le mie mutandine e mi masturbava. Avevo paura di distogliere lo sguardo dal libro. La prima volta che ho sentito le dita di mio padre ho smesso di leggere. Mi ha ordinato di continuare. «Non guardarmi. Continua a leggere». Questo è iniziato quando avevo sette anni ed è finito quando ho compiuto quattordici anni e ho incontrato tuo padre. Ricardo mi ha trattato bene, mi ha rispettato. Mi ha portato via da quella casa infernale, mi ha promesso una vita migliore. L'ho accettato e sono andata avanti, senza mai guardarmi indietro. Mi sono detta che avrei fatto il contrario dei miei genitori, che avrei creato la mia famiglia e dimenticato quella vecchia. Tuo padre ha trovato lavoro al municipio e ci siamo trasferiti qui. Volevo stare a casa, mi immaginavo di essere una buona moglie e di crescere un mucchio di bambini. Avevo i conati di vomito ogni volta che cercavo di fare sesso con tuo padre, mi sentivo così colpevole. Una donna fatta male. Sono rimasta incinta di te. È stata una gravidanza difficile, ero sempre stanca, assonnata. I primi tre mesi non potevo fare quasi niente senza avere la nausea. Pensavo che con la tua nascita tutti i miei problemi sarebbero finiti, ma non è stato così. Sei nata prima del previsto, il parto è stato complicato e, una volta a casa, le paure e i fantasmi erano spesso con me. Pensavo che non avrei saputo essere madre. Mi disperavo ogni volta che ti sentivo piangere tanto da avere paura di te, vivevo nel costante timore che tu morissi. Ti ho amata, ma ho capito che la maternità non faceva per me. Entravo e uscivo dalla depressione. Ricardo è stato paziente all'inizio, ma poi ha cominciato a rimproverarmi che non sapevo prendermi cura di te, che la casa era sempre sporca, che non capiva come non potessi occuparmi di una bambina e della casa se non avevo altro da fare tutto il giorno. Sprofondavo sempre di più. Poco prima di lasciare casa, ho incontrato un uomo di cui mi sono innamorata. Ho pensato che sarebbe stato la mia salvezza e ho fatto l'unica cosa che sapevo fare: correre in avanti senza guardarmi indietro. Anche lui era sposato, siamo andati a Londra e abbiamo avuto una relazione che è durata qualche mese. Poi è tornato da sua moglie.

«E perché non sei tornata indietro?».

«Perché sapevo che sareste stati meglio senza di me».

«Be', ti sbagliavi. Avevo bisogno di una madre. E *aita* di una moglie».

Cristina si guarda le mani.

«Tuo padre si è comportato molto bene con me. Mi

ricordava sempre quanto fosse stato buono. Ricardo era bravo, ma mi faceva sentire come una bambina, sempre in debito con lui. Gli ho parlato di fare delle cose: volevo studiare, non passare la giornata chiusa in casa. Ma mi ha sempre detto che non stavo bene, che ero al sicuro a casa. Ero terrorizzata. Non avevo perso l'abitudine di... sai, il giorno che mi hai vista in cucina, te lo ricordi?».

«Sì».

«Avevo paura che un giorno, invece di far male a me, avrei fatto male a te. Avevo incubi in cui ti soffocavo, ti facevo soffrire» scoppia a piangere di nuovo. «Non sapevo da dove venissero quelle immagini, ma ero terrorizzata. Avevo paura di non riuscire a controllare i miei impulsi, di farti del male mentre dormivi». E lì, una certezza: non ereditiamo solo tratti fisici o caratteriali, ma anche i fantasmi dei nostri genitori, che allo stesso tempo portano i fantasmi dei loro antenati, che risalgono chissà a quante generazioni, a quanti antichi dolori. Chissà quante delle mie antenate si sono ferite con qualcosa di appuntito. Chissà quanti cuori sanguinanti ci possono essere in una sola famiglia.

«Dove hai spedito le lettere?».

«A casa».

«E perché non mi è mai arrivato nulla?».

«Chiedi a tuo padre».

Non oso dirle che stamattina ho scoperto di essere incinta.

XXXIX

Ricardo non inventa scuse quando gli chiedo delle lettere. Dice che sentiva di dovermi proteggere. Pensava che sarebbe stato meglio per me non avere notizie di Cristina, così avrei finito per dimenticarmi di lei. Le lettere non ci sono più, le bruciava non appena arrivavano. Durante gli anni in cui abbiamo vissuto insieme senza Cristina, mio padre mi preparava ogni giorno il pranzo e la cena, mi dava soldi se ne avevo bisogno, mi portava dal medico se stavo male, faceva la lavatrice, stirava, ma faceva tutto in modo meccanico, senza calore. Non è il fantasma di Cristina che abita la nostra casa. È la mancanza di calore, di *goxotasuna*, quella che ho trovato in compagnia di Ane e Carmen.

Mia madre vuole tornare a vivere a Bortiz. Carmen le offre la sua casa finché non trova un lavoro e un appartamento. Mio padre vuole trasferirsi, gli mancano pochi anni alla pensione e dice che la casa è troppo grande, ma sappiamo entrambi che non è una questione di spazio. Io me ne andrò a Donosti e cercherò un appartamento con Oihana. Riempiremo la nostra casa di fiori e compreremo un divano letto per quando avremo visite.

Di notte mi abbandono nel letto di quando ero bambina. Una mano mi stringe la gola. Non riesco a vedere la sua faccia, ma so che è un uomo. Questo è il momento in cui gli infilo le dita negli occhi e a) riesco a scappare, o b) lo uccido e riesco a scappare.

Sto per svegliarmi. Lo so perché sono nella fase del sonno in cui posso prendere decisioni, come se il sogno fosse un film diretto da me. L'odore dell'aggressore mi è familiare. La sua mano stringe più forte, posso finalmente vedere la sua faccia. Sono io.

Uno. Due. Tre. Sveglia.

Riconoscimenti

Scrivere è meno difficile quando si hanno certi privilegi (molti, nel mio caso).

Grazie ai miei genitori per l'affetto, non sempre perfetto ma essenziale, le condizioni materiali, la fiducia e l'amore. A Paula e Guille, che nonostante la distanza, sono sempre con me. Siete i miei angeli. Alle mie amiche, la famiglia che ho scelto. A Danele Sarriugarte, con cui ho costruito una casa sulle basi del rispetto, della comunicazione, dell'affetto e delle attenzioni. A Mel Cendoya, sempre maestra. A Itsaso Zabalo, sorella di madre diversa e a Jota Pizarro. Grazie per avermi aperto le porte della vostra casa ogni volta che ne avevo bisogno. Ad Alba Borao, per la sua enorme dolcezza e generosità. A Leyre Arrue, che è entrata come una boccata d'aria fresca ed è rimasta e a Santiago Barón, che mi ha detto una delle cose più belle che si possano dire a qualcuno. A Sara Villar, Ainara Silva, David Pisabarro, Patricia Escalona, Ane Guerra, Leire Palacios, Amaia Morris, Ana Tejero... Tutti voi siete casa. Anche a coloro con cui ho condiviso momenti fugaci (sia online che nella vita reale) ma non meno significativi.

Non sarò mai abbastanza grata a María Cardona,

Anna Soler Pont, Marcel Ventura, Sergi Siendones e María Sobrino. Per l'entusiasmo, la fiducia, le attenzioni, il coraggio, la voglia. Siete un sogno.

Alle mie lettrici. Senza di voi, questo non sarebbe possibile. Grazie per la condivisione, per i bei messaggi, per avermi dedicato il vostro tempo e la vostra energia.

Ad Antía, per aver risolto i miei dubbi su cosa succede a un corpo quando un'auto lo colpisce. E a Miguel del Pueyo, per averci messo in contatto.

A tutte le donne selvagge.

Finito di stampare nel mese di giugno 2022
a cura di PDE Promozione srl
presso Printbee.it - Noventa Padovana (PD)
Printed in Italy